图画书
创作谈

绘图出自凯蒂·克劳泽

图书在版编目（CIP）数据

图画书创作谈 /（加）乔恩·克拉森等著绘；阿甲译. — 北京：北京联合出版公司，2024.2
ISBN 978-7-5596-7278-0

Ⅰ．①图⋯ Ⅱ．①乔⋯ ②阿⋯ Ⅲ．①图画故事－文学创作研究 Ⅳ．① I058

中国国家版本馆 CIP 数据核字（2023）第 235808 号

PICTUREBOOK MAKERS
The original title: Bilderboksmakare
Copyright © Lilla Piratförlaget AB, 2021
Published by arrangement with Lilla Piratförlaget AB through The Grayhawk Agency, Ltd.
Edited by Sam McCullen.
Designed by dPICTUS.
Cover illustrations by Jon Klassen.
Simplified Chinese edition copyright © 2024 by Beijing Tianlue Books Co., Ltd.
ALL RIGHTS RESERVED

图画书创作谈

作　　者：[加] 乔恩·克拉森 等
译　　者：阿　甲
出 品 人：赵红仕
选题策划：北京天略图书有限公司
责任编辑：龚　将
特约编辑：杨　娟
责任校对：钱凯悦
美术编辑：刘晓红

北京联合出版公司出版
（北京市西城区德外大街 83 号楼 9 层　100088）
北京联合天畅文化传播公司发行
北京盛通印刷股份有限公司印刷　新华书店经销
字数 190 千字　　889 毫米 ×1194 毫米　　1/16　　10 印张
2024 年 2 月第 1 版　　2024 年 2 月第 1 次印刷
ISBN 978-7-5596-7278-0
定价：108.00 元

版权所有，侵权必究
未经书面许可，不得以任何方式转载、复制、翻印本书部分或全部内容。
本书若有质量问题，请与本公司图书销售中心联系调换。
电话：010-65868687　010-64258472-800

图画书创作谈

［加］乔恩·克拉森 等 ● 著绘

阿甲 ● 译

绘图出自伊索尔

北京联合出版公司

引言

图画书正在蓬勃发展。近年来,图画书的创作质量大幅提升,创新方法飞速发展,全球各地的创作者和出版商都在不断突破这种书籍形式的边界。业界曾担忧传统印刷图画书可能被屏幕阅读取代,但现在这种担忧已经烟消云散。越来越多层次丰富的当代图画书不仅深受儿童喜爱,还受到了各年龄层读者的青睐。

与此同时,人们越来越想了解图画书的创作过程,即故事背后的故事。2014年,dPICTUS推出了"图画书创作者"博客(picturebookmakers.com),为一些全球最优秀的当代图画书创作者提供了一个平台,请他们深度分享其创作过程。博客上的艺术家并不是接受采访,而是应邀讲述其图画书作品的诞生过程。由此产生的博文精彩纷呈,引人入胜。在本书中,我们将遇见其中12位创作者,他们慷慨地分享创作经历、挑战和困惑,也分享他们的草图和插画,以及对创作的宝贵见解。

令人欣慰的是,创作一本成功的图画书并没有什么既定公式,也没有按部就班的操作流程。葡萄牙橘子星球出版社创始人贝尔纳多·P.卡瓦略(Bernardo P. Carvalho)这样表述:"桌子上有各种不同的配料,有上千种混合方法。更妙的是,没有固定的配方。一切都是开放的,一切皆有可能。"因此,尽管我们当然可以从这些当代图画书创作者那里学习并得到启发——正如他们从前人那里学习并得到启发一样——但最终,我们都必须走自己的创作道路。关于这一点,贝娅特丽丝·阿勒玛尼娅(Beatrice Alemagna)表示:"我乐于打破围栏,不拘泥于年龄限制、时间限制、精确的审美规则和预先设定的惯例……我总是与来自内心深处的某种东西共同努力,它很强大,并以清晰而有力的方式表达自己。"

图画书是一种独特且充满活力的艺术形式,文字与图画之间可以相互矛盾、相互颠覆、互为拓展,创造出无限可能,以讽刺、幽默或出人意料的方式传达信息和意义。当文字和图画同时传递不同信息时,读者的脑海中便会产生第三种现实——乔恩·克拉森(Jon Klassen)称之为"中间点"(middle spot)——这正是奇迹诞生之处。作为图画书创作者,为读者的参与留有空间至关重要。陈志勇(Shaun Tan)说:"你要邀请读者走进门,但不要告诉他们身在何方。"

在创作过程中,文字与图画常常是交织演进的。要对惊喜持开放态度——许多创作者都强调这一点很重要,就像不问目的地而出门去漫步,也不必害怕稍微迷一迷路。伊娃·林德斯特伦(Eva

Lindström）说："是创作过程本身在推动故事发展。在这个过程中，我会看到各种选择；故事本身会给出一些建议。我会遵循这些建议，一件事会引发另一件事。"曼努埃尔·马索尔（Manuel Marsol）认为，"（创作过程中的）意外带来一种新鲜感，可遇而不可求"。

创作的可能性无穷无尽，我们看到越来越多的自我参照式图画书，书的物理形态本身发挥着核心作用。苏西·李（Suzy Lee）表示："有时候，创作一本书的动机可能源于书的结构形式条件，而非仅仅源自文学主题。"无字图画书正变得越来越盛行，介于图像小说和传统图画书之间的跨界图画书也是如此。

图画书有能力以看似简单的方式传递普世情感，触及挑战性的主题，简明直接地触碰读者的心灵。克里斯·霍顿（Chris Haughton）说："我一直秉持这样的观念：简化一切，以便传达核心信息——所以我试图找到故事的本质，并别除其他不必要的元素。"实现图画书中的简约艺术是一项艰巨的任务，如今，通过"图画书创作者"博客等资源，越来越多的人开始了解到幕后所付出的复杂且耗时的努力，这些努力都是为了更好地服务故事和读者。

在本书中，你将遇见的图画书创作者均享有国际盛誉，他们的优秀作品深受全球读者喜爱。那么，究竟是什么使他们的图画书如此独具特色呢？凯蒂·克劳泽（Kitty Crowther）表示："幸运的是，我们就是不知道。没有秘方。但我坚信诚实的力量。我坚信艺术的力量。而要有好的艺术，它需要来自远方。你需要深入挖掘。即使故事看起来很简单。"

本书适合出版行业人士、插画专业学生，以及其他对图画书充满热情、对其创作方法满怀好奇的读者。希望你能在这些篇章中汲取丰富的灵感。若想了解更多，请访问"图画书创作者"博客。

山姆·麦卡伦 | dPICTUS

布莱克斯博莱克斯　8

伊娃·林德斯特伦　20

陈志勇　30

贝娅特丽丝·阿勒玛尼娅　40

克里斯·霍顿　52

凯蒂·克劳泽　64

乔恩·克拉森　76

苏西·李　90

贝尔纳多·P.卡瓦略　100

伊索尔　114

曼努埃尔·马索尔　124

乔安娜·沙伊布勒　138

插画出自乔安娜·沙伊布勒

布莱克斯博莱克斯（Blexbolex）

法国

布莱克斯博莱克斯（本名贝尔纳·格朗热）是一位曾获大奖的法国插画家，现居柏林。他的作品在全球范围内出版发行，因其富有实验性的版画和独特的图书制作方法而受到广泛推崇。他曾在莱比锡书展上获得"世界最美的书"荣誉。

在本章中，布莱克斯博莱克斯讲述了《歌谣》（Romance）一书的创作过程。这本令人叹为观止的图画书最早由阿尔宾·米歇尔青少年出版社用法语出版，后来被翻译成多种语言，如英语、西班牙语、意大利语、波兰语和德语等。

布莱克斯博莱克斯：《歌谣》是继《人们》（2008年）和《四季》（2009年）之后出版的作品，被认为是一本故事图画书。我必须让它保持与前两本相同的页面结构——一个词配一个图像——这样才符合三部曲的样式。

当我在2009年底着手这个项目时，我还不清楚该如何组织它。我脑子里有某种渴望和氛围，但没有真正具体的形象。慢慢地，我意识到书中的画面必须一步步地逐渐融入到一个连贯的叙事之中，形成某种故事。

这本书的大部分页面包含了各种各样的引用，源自故事、视觉或文学典故——有些是众所周知的，有些则略为生僻。

这个形式的灵感首先源起于我与一群乌力波艺术家们相处的经历，他们擅长以非传统方式创作漫画。有一个创作练习激发了我的想象力，它要求在两个现有的漫画方框之间插入一个新的方框，从而将省略的叙事引到另一个方向。之后，一次与一群孩子的交流给了我创作这本书的核心灵感。他们在玩一个游戏，不管走哪条路，总能顺利回家。这让我找到了方向，沿着童谣、累积式歌曲、古老民谣的路线来创作，也确定了这本书所具有的某种音乐结构。

它还以一种有趣的方式勾起了我的童年记忆——当然是放学回家之后的记忆。当确定这本书朝着讲述故事的方向发展时，我还阅读了弗拉基米尔·普罗普的《故事形态学》，以确保不会遗漏故事类型的关键元素。

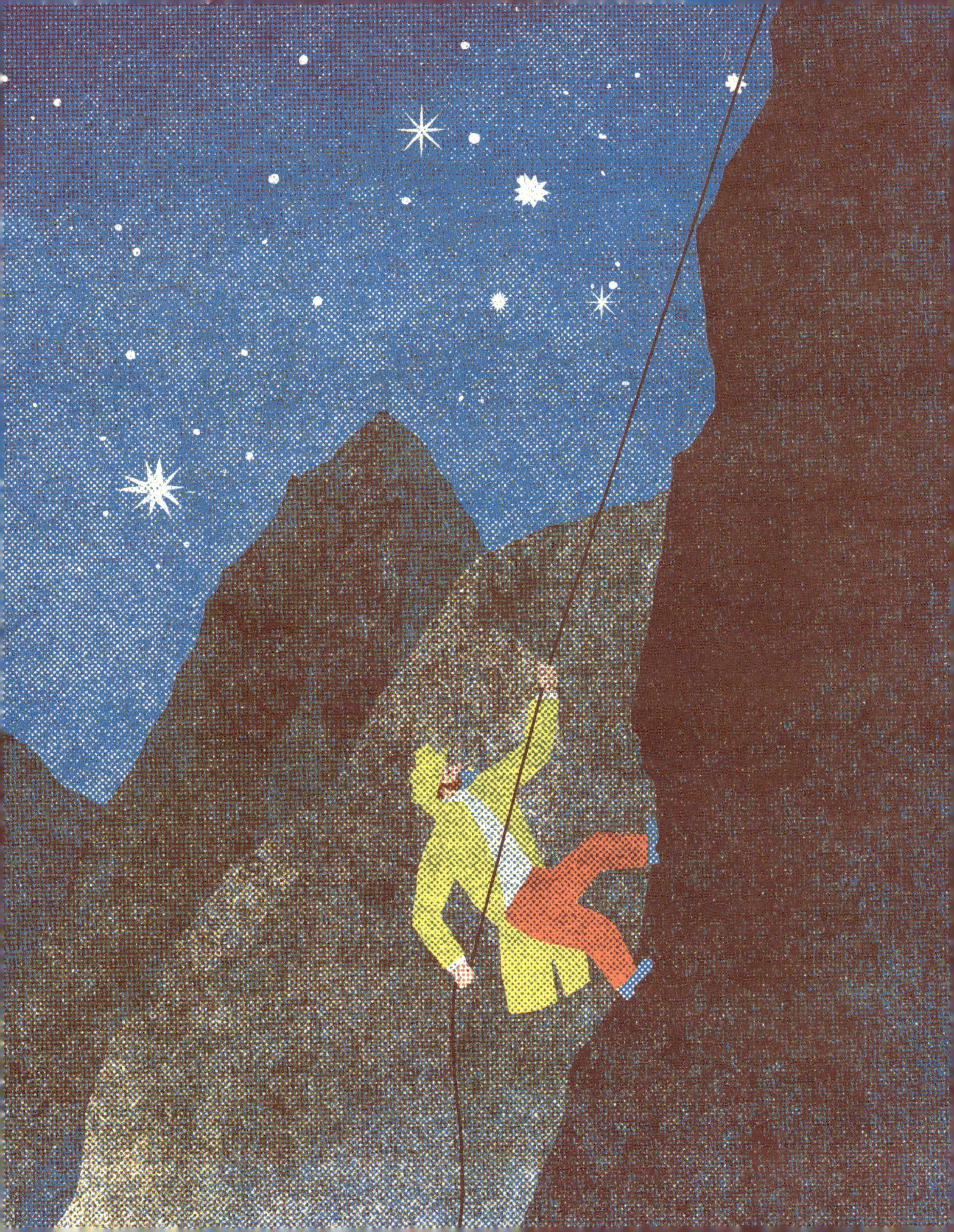

the feast,

the bandits,

IV 17

Personnages magiques.

V 33
    3 I   École, chemin, maison
    5 II   École, Rue, chemin, forêt, maison
    9 III École, Rue, Place, chemin, (...), forêt, maison
   17 IV   École, (...), Rue, (...), Place, Pont, chemin, (...), Forêt, (...)
                                                       Maison
   33 V
   65 VI   avion canoé cascade
       de VI on   nénuphars   (personnage fantastique
     peut commencer à
  129 VII douter de V   Retour au réel —
           Reflets   reçoit voie lactée   Puis très
                                                               T = T : portail,
VI 65   Toute la   voyage cosmique   maison, fin —
         séquence est   retour sur terre
              nocturne
         le fleuve   → certaines images de séquences
                          précédentes sont donc célestes en VII, oniriques
Pont, Bataille, reflets
                                       : Bataille et suis
T   III IV V IV III   VII   de Reflets
                                    donc B = VI et R = VII
                                       puisque R est
       I I I I I École   la résolution
    1 { II II II II II rue   finale de la
         III III III III Place   proposition.
             IV IV IV Magasin
École   V V V Vitrine
                     VI VI
Trans-séquence   VII
entière et résolue !
                É Ru Pl P   F   B   R
    →   I   II III IV V VI VII

我做了数百页的笔记，左边是其中的一页。至此，我离最后的成书还相当遥远，要测试运用这些元素和方法的那种形式是否可行。需要花很多时间来盘算。

这本书的前六个部分是相当随性的，但后面变得非常复杂，我需要画一些类似故事板的草图。上面就是其中一例。

布莱克斯博莱克斯（Blexbolex）

在这本书的制作过程中，我遇到了各种各样的困难。制约因素是巨大的，自始至终保持一贯性的难度也逐渐加大。我无法列举我曾面临的所有困难，有些是技术性的，与叙事相关，比如当这本书已完成了一半时，有些情节我又从头梳理、重写并重新设计；还有些则与时间和金钱有关。最初，我试图通过接受尽可能多的插画工作来自行筹措资金，以支撑这本书的创作。但这样一来，我就没有更多的时间来创作这本书了。我感觉自己被一个魔咒困住了，每次尝试做这本书，都让它的完成变得更加遥远。

法国国家图书中心（CNL）提供的一笔创作经费终结了这一恶性循环，使我得以保持必要的连续性工作。对他们的资助，我衷心感谢。

阿尔宾·米歇尔出版社的出版人也自始至终支持我。我们通过电子邮件保持联系，有时她不得不阅读数千条解释，好可怜！开玩笑的啦。阿尔宾·米歇尔出版社的每个人都很棒，真的。

在漫长的制作过程中，我的绘画在不断变化，因此我不得不停止制作新页面，以便重做旧页面。在这里，你可以看到一些场景和角色最初的版本以及最终的成品。这本书的图像是纯数字化的，仅有三幅背景是先画在纸上（两幅铅笔画和一幅水墨画），然后扫描进来，为我在电脑上绘制的形状增添质感。由于技术原因，我不得不重做桥梁场景（右页上图），却再也无法捕捉到原来的光影和氛围。作为"报复"，我将旧图印成了一幅小海报——采用三色丝网印刷。

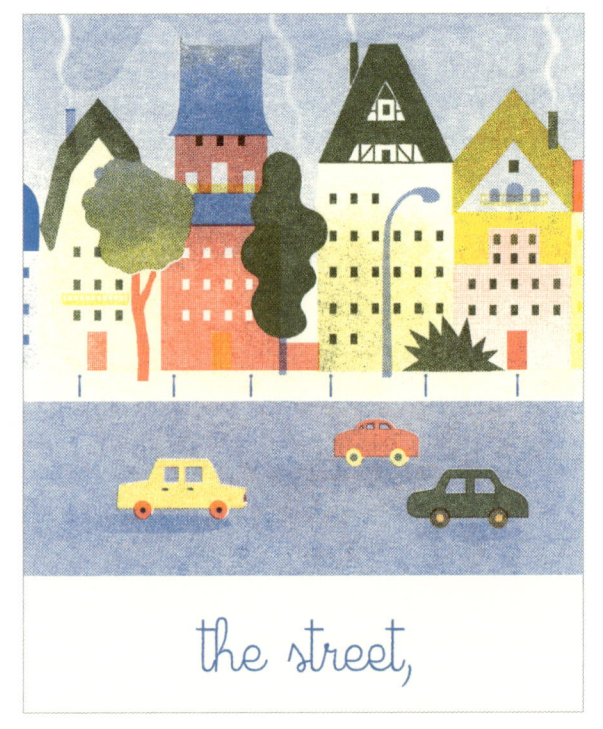

le pont,

the bridge,

l'étranger,

the stranger,

布莱克斯博莱克斯（Blexbolex） 15

les bandits,

the bandits,

la sorcière,

the witch,

女巫是书中的主要角色之一。她的目标是用她自己的世界来取代这个正逐页建立起来的小世界。而且她真的渴望做到！如果她施展的魔法只影响到其他角色或物体，而不波及文字，我觉得对读者想象力的激发还不够。女巫是真正的反派角色，她希望让这本书消失，以便掌控一切，因此在我看来，当她达到力量巅峰时，她可以消除先前提到的事物，这是合乎逻辑的。此时看起来，她几乎已经取得了胜利。然而，尽管她拥有强大的力量，她也仅仅成功占领了一半的世界，这个世界仍有机会自己来恢复。我认为在这个意义上，它创造了悬念和期待。

这种方法的一个结果是，文字与图像之间留下的空隙变得非常开放。小读者可以靠回忆缺失的文字来自娱自乐，或者也许能自己来编造，或者对此提出疑问。他们可以玩味记忆或想象，并且参与到故事中来，这正是我对他们发出的邀请。

他们也可以成为作者。

ROMANCE. Copyright © 2013 Albin Michel Jeunesse. Reproduced by permission of the publisher, Albin Michel, Paris, France. For a list of the different language editions, see Blexbolex's post on picturebookmakers.com.

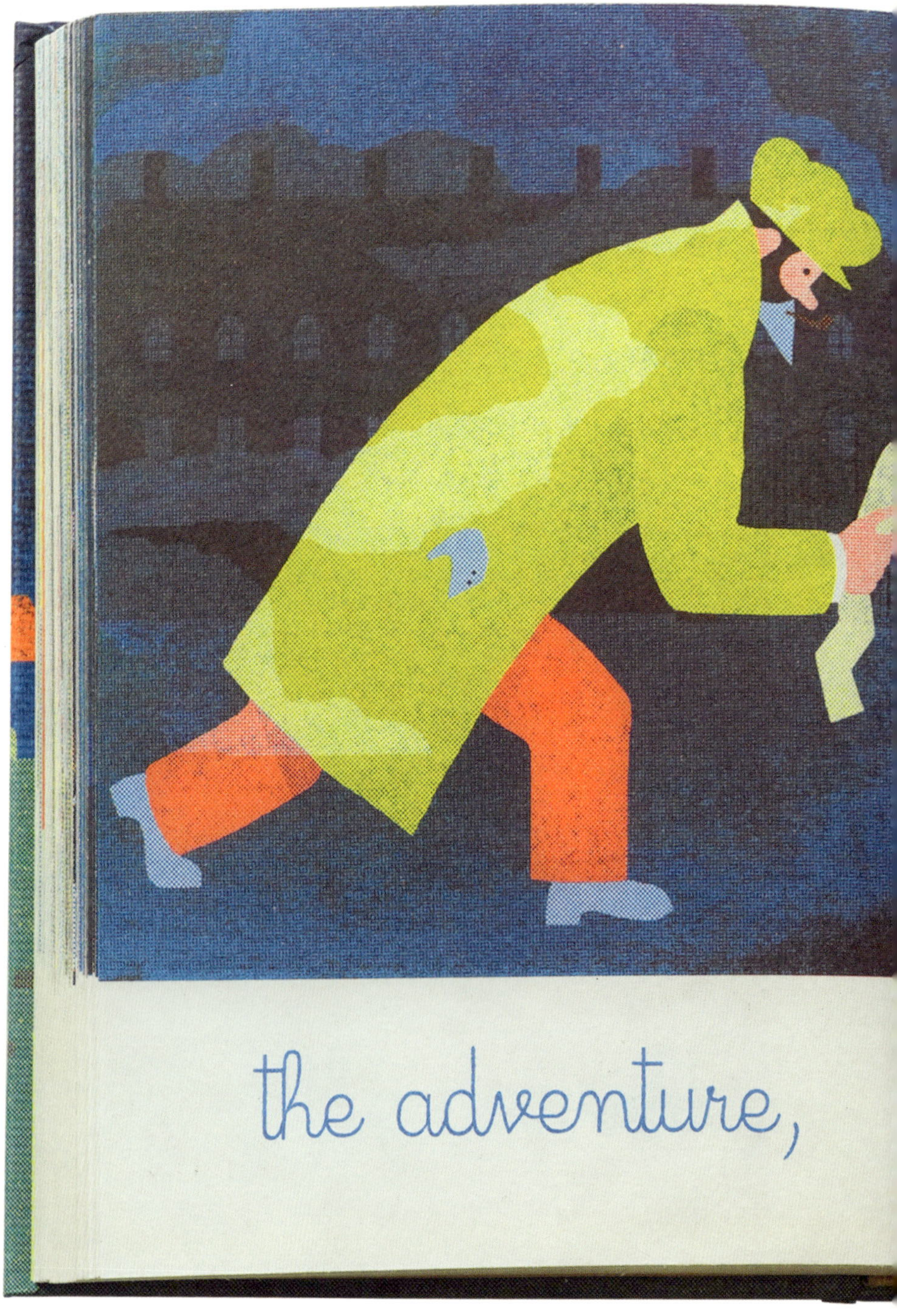
the adventure,

the   ,

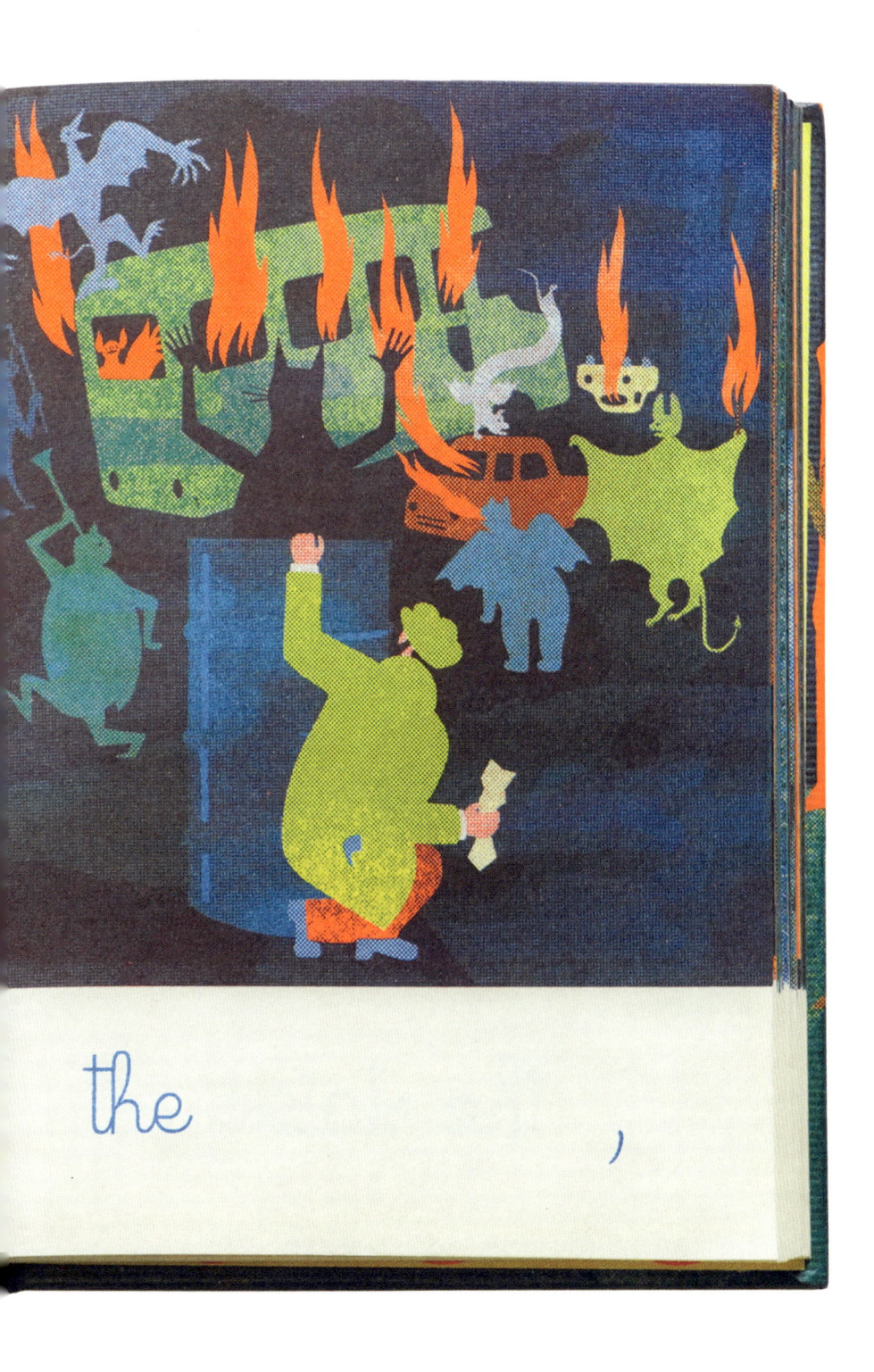

布萊克斯博萊克斯（Blexbolex） 19

伊娃·林德斯特伦（Eva Lindström）

瑞典

伊娃·林德斯特伦曾在瑞典韦斯特罗斯艺术学校和位于斯德哥尔摩的瑞典工艺美术与设计大学深造，此后创作了许多备受赞誉的图画书。她曾获得许多奖项和提名，其中包括国际安徒生奖的提名。2022年，伊娃获得了林格伦纪念奖。

在本章中，伊娃谈到了她的创作过程，还有她那本美丽迷人的图画书《所有人都走了》（*Alla går iväg*）。这个关于友谊和孤独的素雅的故事最初由瑞典阿尔法贝塔出版社出版。

伊娃：故事是这样展开的——三个角色离开了，只留下一个角色孤零零的。随后，这个角色也离开了。最后，前面三个角色重新出现，孤身一人的那一位邀请他们吃茶点。

这个故事相当安静，情感充沛，并以一种开放的方式结束。读者可以自行给这本书画上句号，或者接受它以一个疑问收尾。

当我开始创作一本书时，总是从一个零星的想法出发。一种思维状态、一个发散的想法，或者一种可能演变为故事的感觉。随着我写得越多、重写得越多，它变得越来越清晰，或者以一种有趣的方式又变得模糊不清。

写作时，所有的画面都在我脑海中。颜色、角色、风景……一切都在那里，为讲述一个特定故事指明了可能的路径。而这些故事往往围绕着诸如失去的东西、失去的人、友谊或友谊的缺失、渴望等主题展开。我真的希望能讲述别的故事，但鲜有成功的例子。

这一回，恰巧是讲述一个角色感到悲伤的故事，因为他认为"所有人"都离他而去。他叫弗兰克，离去的那几位是帕勒、蒂蒂和米兰。

他们为什么要离开？弗兰克喜欢成为局外人吗？弗兰克是那个要离开的人吗？每个人都在离开吗？

在创作过程中，我并没有提出这些问题。直到书籍完成，我才第一次开始产生疑问：到底发生了什么？谁在做什么？对我来说，不了解一切反而是一件好事。

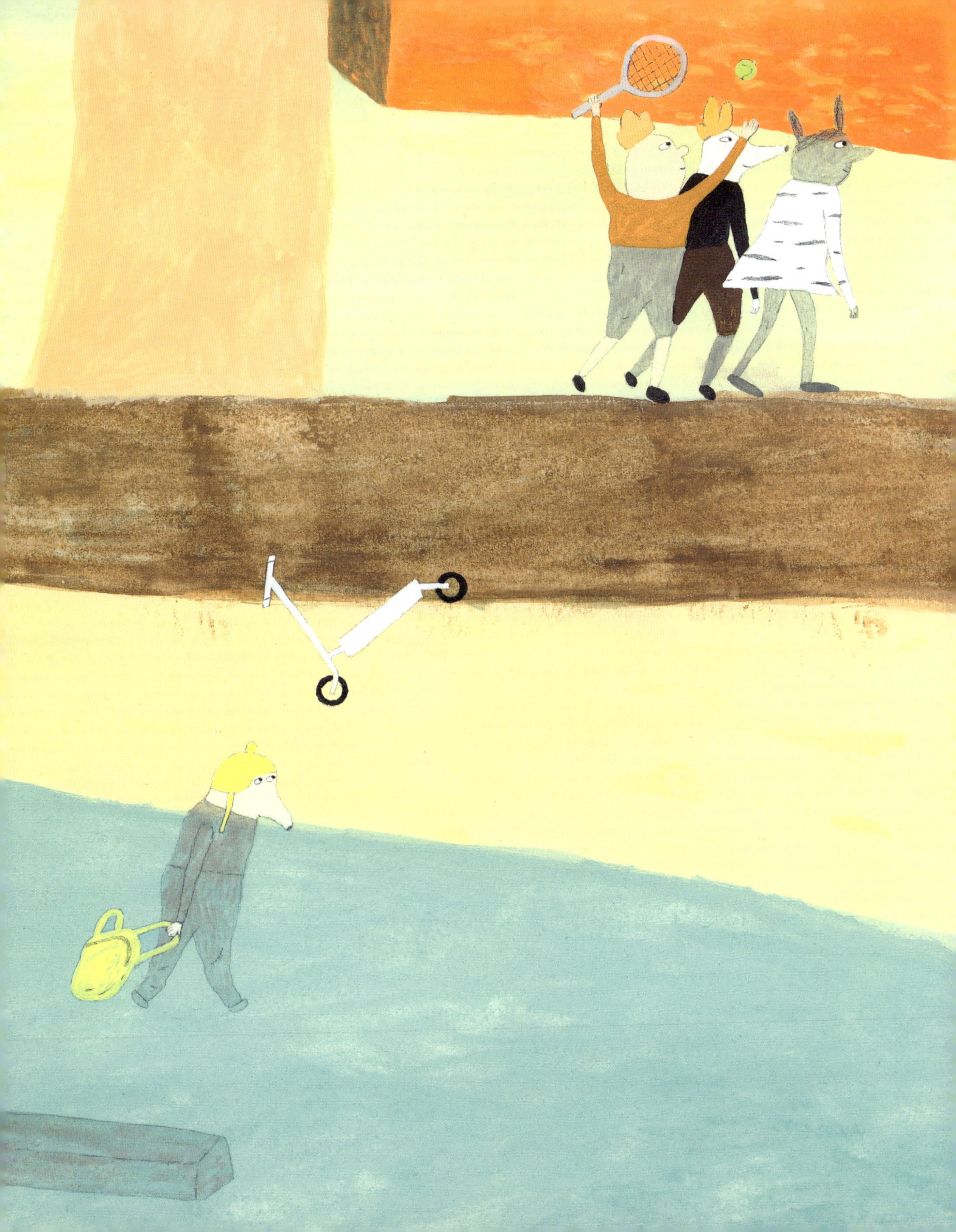

首先是文本，然后是图画。

我开始绘画时，一切都发生了改变；一个不需要文字的全新故事呈现出来。而整个过程中最美妙的部分，是将文本和图画融合在一起。我会重新安排文本（不让它说得过多），砍掉大部分，再写新的内容。随着文本的变化，我画出了另一个房间、其他的树，以及不同的面孔。

我希望在文本和图画之间留出空间：一些小空隙，让读者可以穿行其中。重要的是，文本不应成为阻隔。

如果走运的话，当文字与图画以一种意想不到的方式相遇时，就会产生某种幽默感。

　　在这本书中，和我其他的一些作品一样，我混合了人和动物的特征。弗兰克有一个相当长的鼻子，米兰的鼻子则更长。另外两个人看起来是普通人类。我混合不同物种特征的原因之一是这会让画面变得有趣。不同物种的身体和面孔使得画面充满吸引力，同时在绘制这些画面时我也感到很愉快。另一个原因可能是，这种动物与人类的混合能让故事跳脱出日常世界的框架。

在创作一本书时，很难清晰地解释你做出的所有决定。我认为，是创作过程本身在推动故事发展。在这个过程中，我会看到各种选择；故事本身会给出一些建议。我会遵循这些建议，一件事会引发另一件事。

多年以前，我从不为我的书画草图。但现在我开始这样做了。虽然并非总是如此，但有时候我确实会画草图，我也开始明白画草图的意义所在。我不会画细节详尽的草图，而是画非常简单的草图，以模糊的方式展示事物可能的样子。

我使用的绘画材料有水彩、粉彩和石墨。我在Arches®水彩纸（300克，缎面）上作画。我非常喜欢透明水彩与浓厚粉彩的结合，同时也喜欢石墨轮廓线和用石墨覆盖的空间。我现在就是这样绘画的，但我可能很快会改变我的方法。

粉彩的一个好处是，它能帮我掩盖错误。在完全画错的地方（我不用电脑），很容易重新画上其他东西。由此产生的构图可能是一个惊喜。画面可能出现全新的方向，仿佛我并没有参与决策。一棵阴暗的树隐藏了一些东西，使画面达到了新的平衡。

这里有一些画坏了的野兔。图画出自一本名为《我们是朋友》（阿尔法贝塔出版社，2014）的书。如果不是因为这些"画坏了的野兔"，一些树木和树桩就不会出现在这幅画中。

Han rör då och då och gråter lite mer när det verkar bli för tjockt.
Det ska inte vara för tjockt men det ska inte vara för löst heller

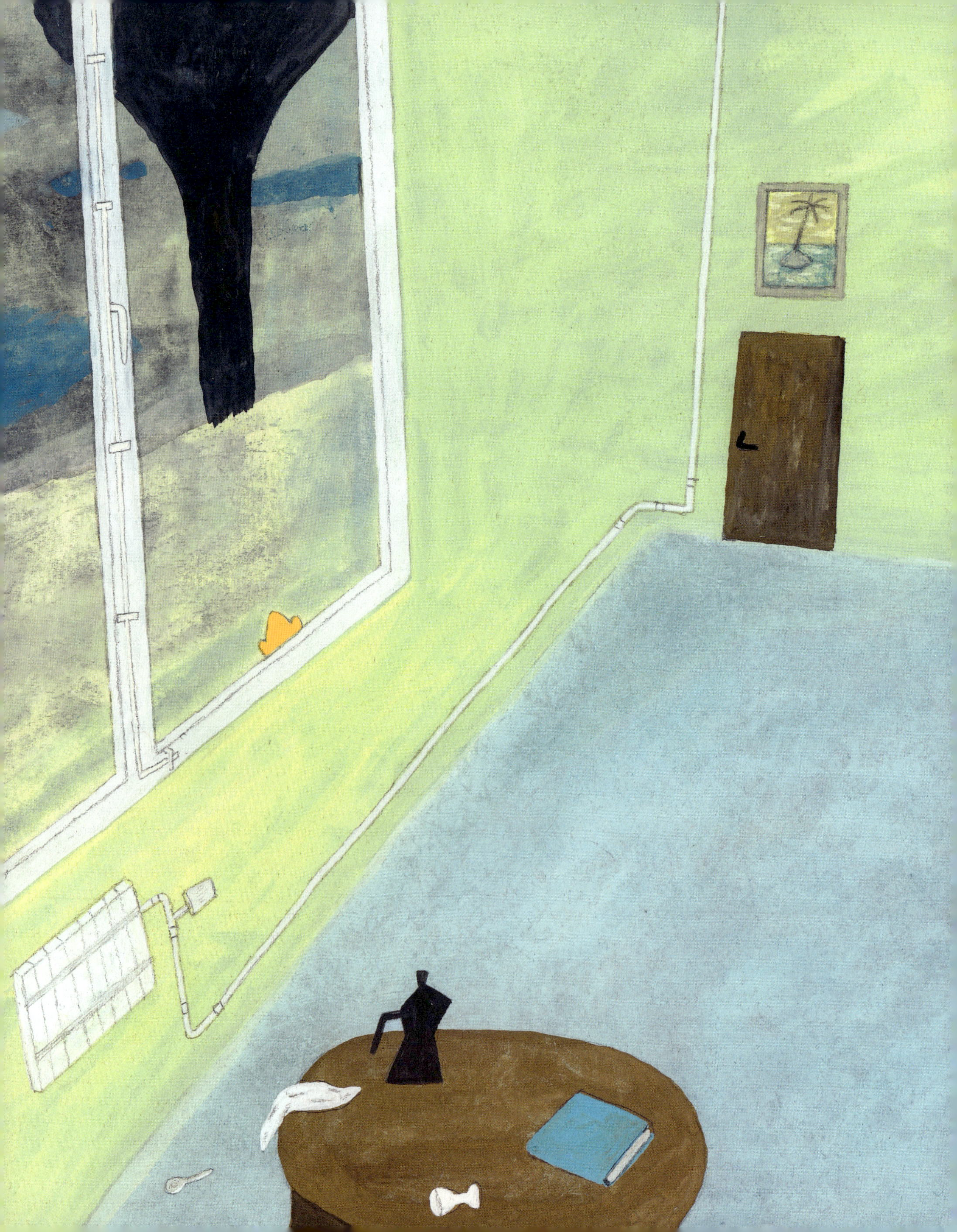

总是要朝着正确的方向迈进，去做一些我还不满意的事情。

巧合、意外和失败是我最好的朋友。

这是弗兰克。他正要离开自己的房间。故事即将结束。他曾对着锅哭泣。他加了4分升的糖，已经煮了好几个小时并不断搅拌。

果酱已经可以吃了。

他现在要邀请其他人共进茶点。

ALLA GÅR IVÄG. Copyright © 2015 by Eva Lindström. Reproduced by permission of the publisher, Alfabeta Bokförlag, Sweden. For a list of the different language editions, see Eva's post on picturebookmakers.com.

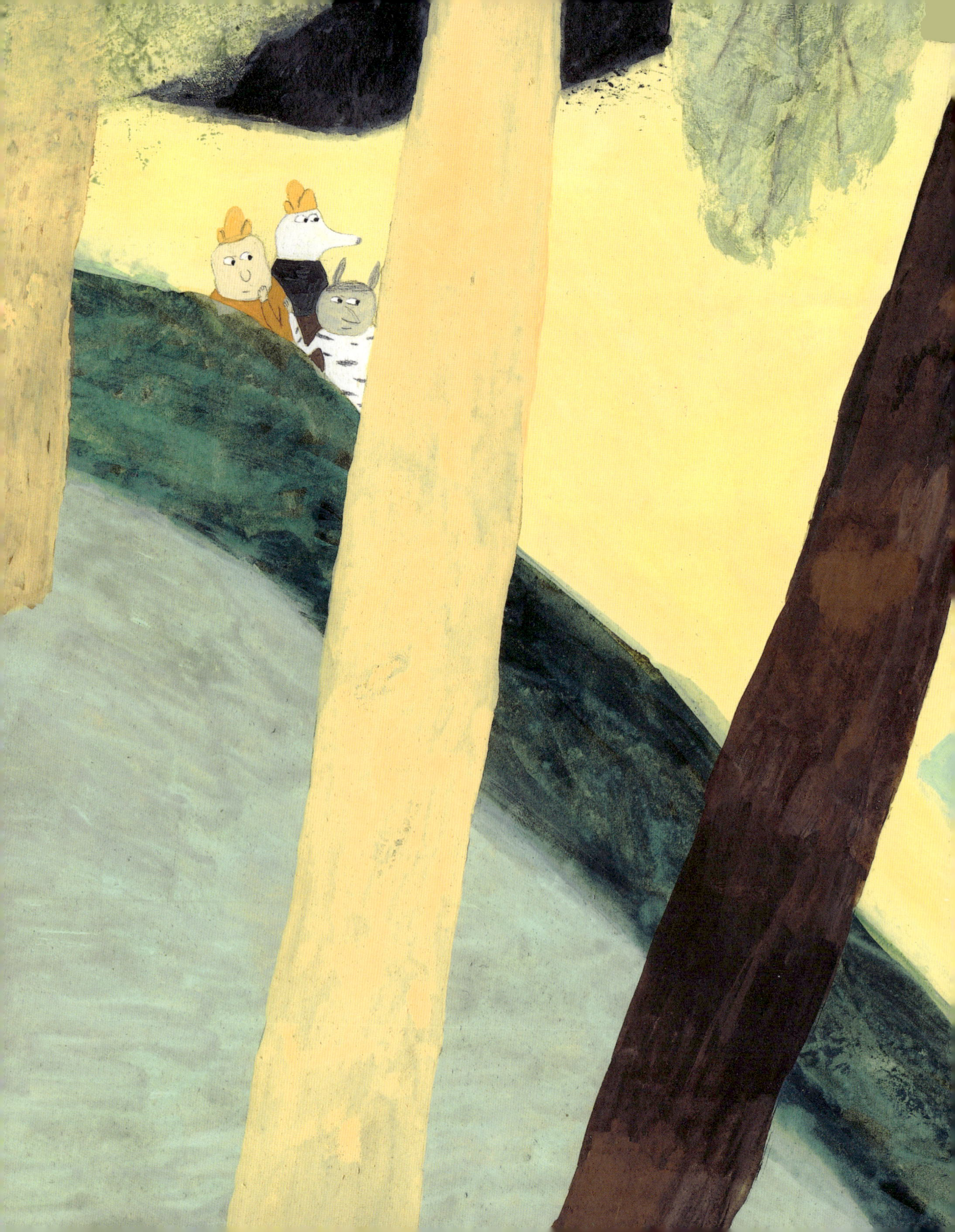

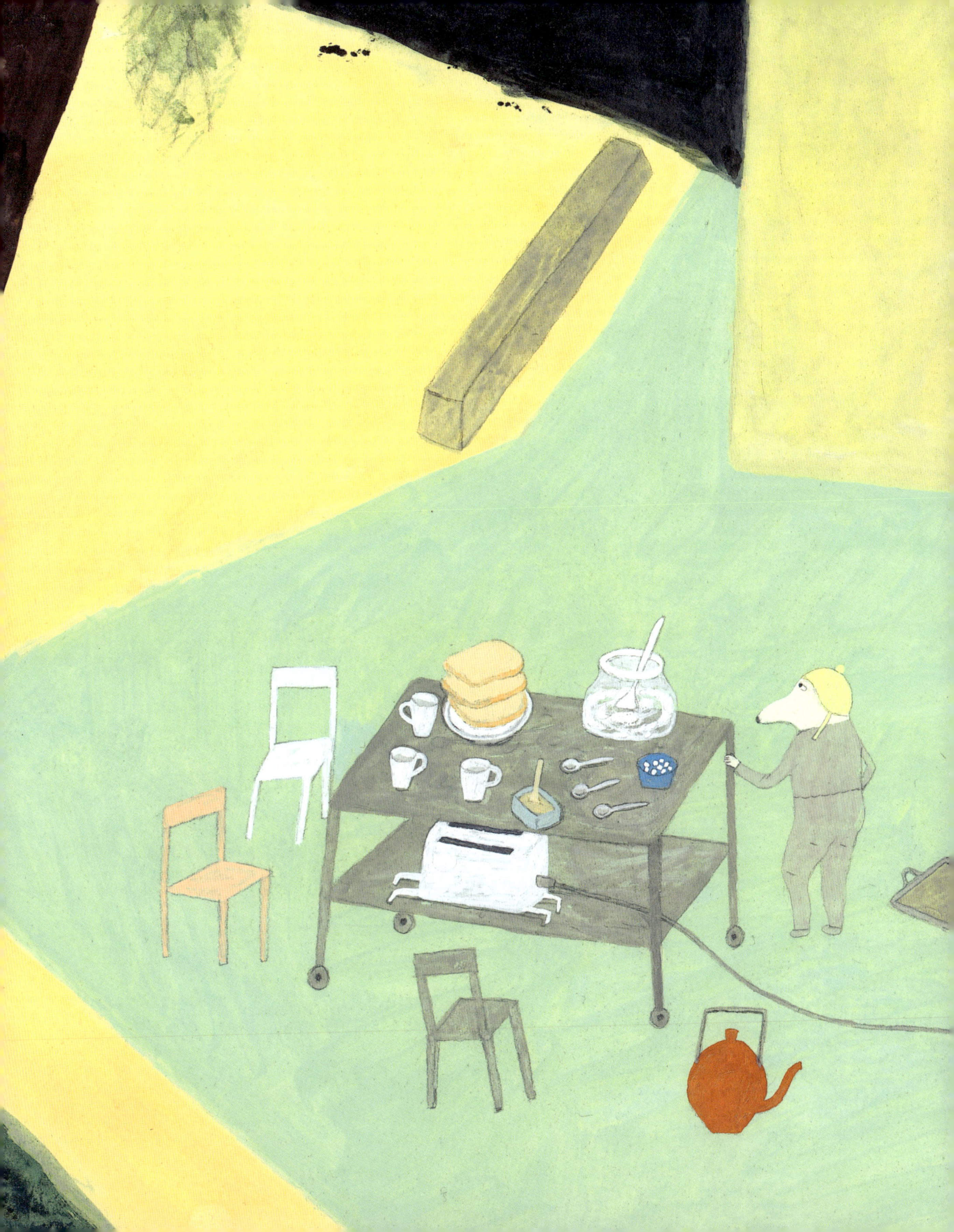

陈志勇（Shaun Tan）

澳大利亚

陈志勇在澳大利亚的珀斯长大。他创作（写与画）过多部享誉世界的图书，还担任过动画电影的概念艺术家，如皮克斯动画工作室的《机器人总动员》，曾与澳大利亚激情动画公司合作，导演了获得奥斯卡最佳动画短片的《失物招领》（改编自其同名绘本）。2011年，陈志勇获得了林格伦纪念奖。

在这一章中，陈志勇谈到了《夏天守则》（Rules of Summer）的创作，他对自己的创作过程进行了精彩的讲解。这本奇妙的超现实主义图画书最初由澳大利亚阿歇特出版公司在2013年出版，后被翻译成20多种语言。

陈志勇：《夏天守则》是一本酝酿了很长时间的图画书；我花了大约十年的时间思考，主要是想搞清楚这个故事能是什么样子的。

我经常在小本子上画很多小片段，就像松散的骨头，寻找一些可能形成叙事连接的纽带，然而就这本书来说，叙事线索实在难以捉摸。我只有关于两个角色的许多场景，或多或少模仿了我和我哥哥小时候的样子，常常陷入各种奇怪的境地。最后，我想到了干脆放弃故事——为什么不呢？事实上，我喜欢图画书的一点就是它能摆脱线性叙事，尤其是摆脱解释。我觉得读者也很喜欢这种自由，可以自由地想象每幅画里发生的事情。

为了让你们明白我的意思，我给你们看几幅连续的画，文字非常简短。"永远不要把一只红袜子留在晾衣绳上"是一个自成一体的小故事，尽管非常神秘。[1] 翻到下一页，我们发现置身于另一个完全不同的场景，配一句警言："永远不要吃派对上的最后一颗橄榄。"[2]

对我来说，这种结构，或者说结构缺失，让我想起了童年，童年的记忆可能感觉相当杂乱且不连续。

与此同时，在表面之下有一种情感上的纽带（始终是相同的两个男孩，他们之间有一种特殊的权力关系），这一直是我关注的核心：我们如何在一个充满变化和意外的世界中确认自己，以及我们的价值和渴望。

[1]

[2]

不过我认为，与其过多地讨论整体主题，还不如将注意力集中在单幅画面上，探讨一些逐步发展的想法和草图，这样会更有趣。

我觉得自己是一个画得相当缓慢的插画师，有时会反复画同样的图像，这里正是展示这种工作方式的好地方。

首先是概念，它通常以相当模糊的心理画面呈现在我面前。这本书的概念，是以一个人和一帮古怪生物之间的关系为核心，类似于我在《别的国家都没有》一书中更早的插画。[3]

尤其是那个长着一只大眼睛的怪物经常出现在我的作品中，正如几年后的一幅铅笔画中所见，它描绘了人类试图与非人类建立联系的场景。[4]

这是向着《夏天守则》（当时在我的文件柜里就称为"夏天项目"）的一种演进，重点已经转移到了两个人类角色之间的关系，可能是兄妹或姐弟。在下面的画作中，他们中的一个正享受着后院的生日聚会，而另一个却被排斥在外，但我们并不完全清楚原因。也许他没有被邀请，或者忘记带礼物，又或者因为害羞，我们就是不知道。

在另一个类似的场景中，我用圆珠笔勾勒出了一个可能发展成图像小说的故事，在决定放弃之前，我已经策划了80页。[5] 这里的两个角色，现在都是男孩，在边界线上发生争执，最终导致了一场打斗。这些怪物充当了一群沮丧的围观者，所传达的想法是，它们代表了争吵背后更深层次的情感认识。我依然非

[3]

[4]

陈志勇（Shaun Tan） 33

RUINS OF DETROIT

[5]

[7]

[6]

BUDGIES WON'T CARRY YOU UNLESS YOU ASK

- WRECKS.

NEVER LEAVE A RED SOCK ON THE LINE

SUMMER

LOOK.

SOME ARE GOOD AT MAKING FRIENDS

NEVER TURN UP EMPTY HANDED

SOME RELIGIONS ONLY LAST FOR A SINGLE AFTERNOON

THE BEST FISHING IS IN NEW YORK CITY

常喜欢这些场景，但不幸的是，我无法从这些场景中拼凑出一个连贯的故事，而且感觉有点过分夸张。所以我想，让我们放弃故事情节或顺序，只是看看这些不同想法随机地混合在一起会呈现出什么样子。[6]

这些粗略的小插画大部分都被淘汰了，但它们确立了一种基调或松散的框架。其中一个幸存下来的想法又是这个"怪物团伙"的场景（配文是："有些家伙擅长交朋友"）。我喜欢这个画面，因为它让我想起了某些真实的童年经历。我在这个怪物团伙草图的基础上做了详细描绘，你可以看到几个怪物成群结队在前景中行进，它们由一个男孩带领，而他正在向背景中的另一个男孩挥手，后者正坐在山丘上的一个大怪物旁边看书。[7]

这个概念涉及竞争、骄傲和嫉妒：一个孩子正在展示他有多擅长交朋友——看来确实如此，因为所有的怪物都是巨大的机器人——而另一个则差了一大截。值得注意的是，一条道路仍然作为边界线存在。

我再次勾画了这个场景，但调整了情感基调。[8]

山上的男孩正在建造一个独眼怪物，还远未完成。另一个，现在被界定为哥哥，基本上无视弟弟的存在，看着他的手表，身体语言透露出不耐烦。当时的配文很简单："不要迟到。"我喜欢这个变化，因为现在人物之间的关系有点自传性质。我就是那个年幼、弱小的角色！

一旦我觉得概念草图奏效，我就会在一张更大的纸上完善我的画作。[9]

通常我会扫描并放大概念草图，在灯箱上描摹它以获得基本构图，然后再细化每个元素。

我的注意力主要集中在构图和特征上，观者的眼睛如何在图像中移动，以及如何能传递情感共鸣——同时也要在怪异与熟悉之间取得适当平衡，两者都不要太过分。

[8]

[9]

[10]

你要邀请读者走进门,但不要告诉他们身在何方。

接下来,我用丙烯颜料和粉彩蜡笔制作一幅小型彩色草图,考虑光线、氛围,以及如何运用颜色吸引观众关注某些细节,例如山上的独眼怪物。[10]

我希望这幅画的情感基调是愉悦的,部分原因是这是一个有趣的场景,但也要与兄弟间更为黑暗色调的紧张关系形成对比。我一直喜欢这种可以有多种解读的基调。

在对构图感到满意后,我开始用粉彩蜡笔在一大块未涂油的画布上进行最后创作,享受这种媒材的柔软和即时感。[11] 尽管这幅画本身不错,但整体感觉对这本书不太合适,也许有点太暗或太过静态,细节过于花里胡哨。

于是,我重新开始,这次使用油画,主要用刮刀来实现一种略显失控的纹理,希望这能使场景更加生动。

最终的油画作品尺寸为30英寸×34英寸,分几

[11]

个阶段完成，大约用了四到五个工作日。[12] 主要的区别是颜色更鲜艳，更接近原来的彩色草图，但你也会注意到一些元素发生了变化（一条鱼和一只鸟被移除，增加了一些建筑）。我不认为这一定是一幅更好的画，但它更适合书中的这个时刻，需要有阳光和明亮的感觉。油画的一个优点是，它易于修改，而不像粉彩蜡笔画那样。在创作一系列插画时，这一点很重要，因为有时我需要回头做一些小改动，从角色的面部到整体的颜色。虽然我可以进行数字化编辑，但我更喜欢尽可能用手把事情做得恰到好处。

图画最终的配文放在对页上，字体小且低调："永远不要在游行时迟到。"它没有过度诠释画面，只是添加了一点语境，而"永远"这个词最终贯穿了所有画面，为书名《夏天守则》提供了依据。

作为图书项目的最后一个环节，我经常会多次重写文本，部分原因是文本比画作更容易修改！

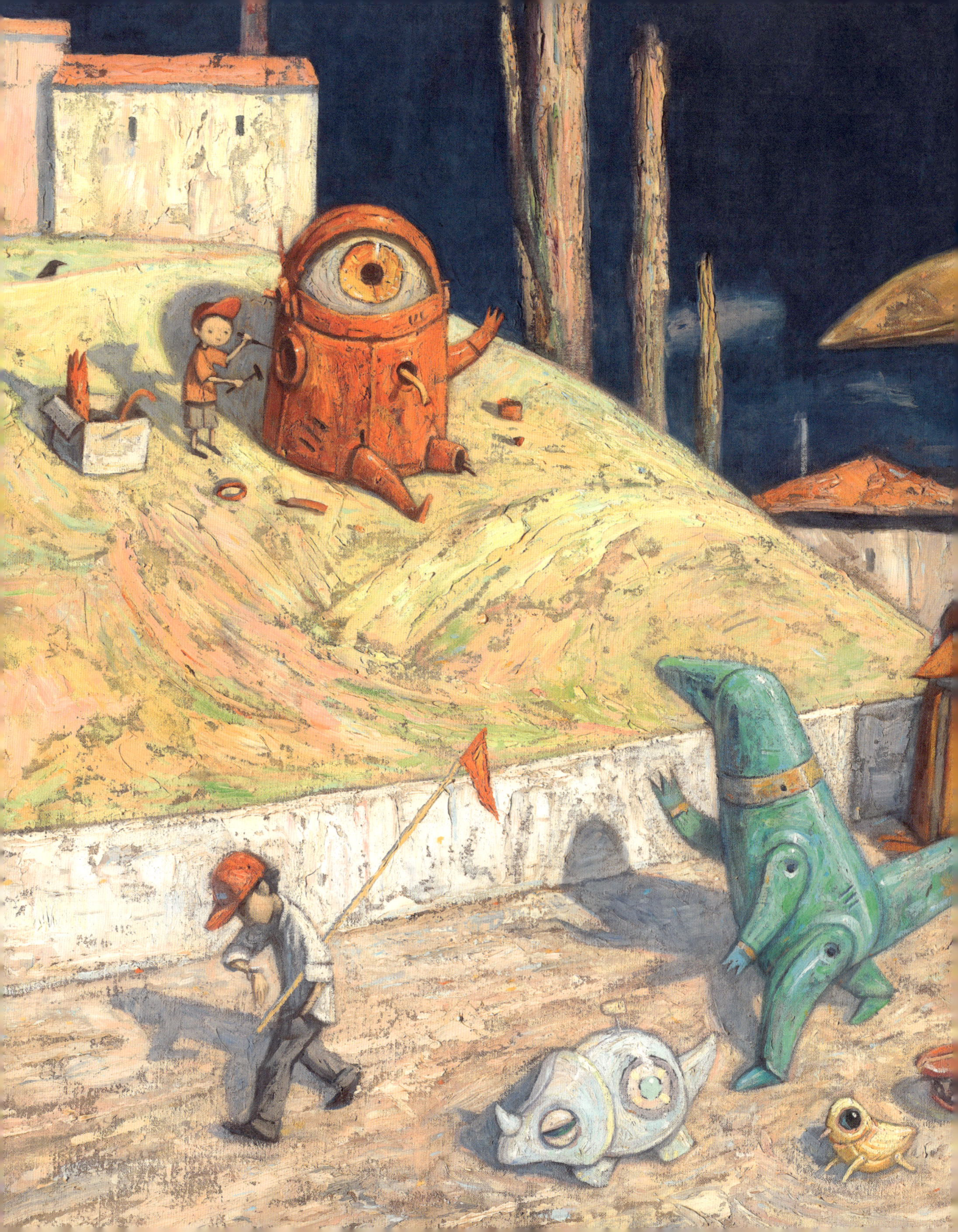

以上这个例子，只是一个更大拼图中的一块，我总是觉得一个想法不为人知的演变和最终结果一样有趣。毕竟，作为一个创作者，这是让我着迷的事情，那就是感觉到有些东西正在冒泡，想要浮出水面，真的只是想看看它是什么样子的！

已经完成的作品往往有点让人惊讶：哦，原来是这样的。

再没什么可做的，只能回到速写本上，继续下一个作品……

RULES OF SUMMER. Copyright © 2013 by Shaun Tan. Reproduced by permission of the publisher, Lothian Children's Books / Hachette, Australia. For a list of the different language editions, see Shaun's post on picturebookmakers.com.

贝娅特丽丝·阿勒玛尼亚
（Beatrice Alemagna）

意大利

贝娅特丽丝·阿勒玛尼亚，这位在博洛尼亚长大的艺术家，如今居住在巴黎。她创作了30多本书，在全球范围内出版。她最具创新性的童书荣获了诸多奖项，包括意大利年度安徒生奖、博洛尼亚最佳童书奖特别提名、五次白乌鸦奖，以及三次法国蒙特耶童书展猴面包树奖等。

在本章中，贝娅特丽丝谈到了她令人惊叹的图画书《神奇的胖胖-蓬蓬-小小》（Le Merveilleux Dodu-Velu-Petit）的创作经历。同时，她还分享了在讲故事和制作图画书方面的一些宝贵心得。

贝娅特丽丝：我完全是靠自学的，从未上过专门的插画学校，而是通过创作童书来学习和成长。我的学习过程主要是通过自己的实践，在我的工作台上进行尝试。

我从事图画书创作已经超过15年，但每次都仿佛是初次尝试。

《神奇的胖胖-蓬蓬-小小》这本书经过了六年的思考和两年的扎实工作。

从小，我就对《长袜子皮皮》中的一个情节深感着迷：皮皮在故事中决定去寻找"斯彭克"，这是一个她杜撰出来的词汇，代表着那时并不存在的事物。这个想法一直伴随着我，让我相信最终总能找到那些不存在的东西，而为了实现这个目标，我需要在商店里不断寻找。

这本书在某种程度上是对皮皮和我童年时迷恋状态的致敬：踏入一个充满着等待被发现之物的商店。

从一开始，我就发现最难表达的是一种轻盈的感觉。在过去的几年里，我开始认真对待轻盈——而不是像以前那样轻飘飘滑过。

对我而言，轻盈已经成为了一种集严肃事物于一体的状态。经过思考，我意识到，轻盈之所以难以捉摸，是因为它的微妙。它并非平庸，实际上它可以成为严肃中的紧张顶点。而轻盈地发现一些独特事物（比如书中小主人公埃迪的冒险）恰恰诠释了我想在这本书中传达的童年理念。

童年，是一个充满荣耀的时刻。

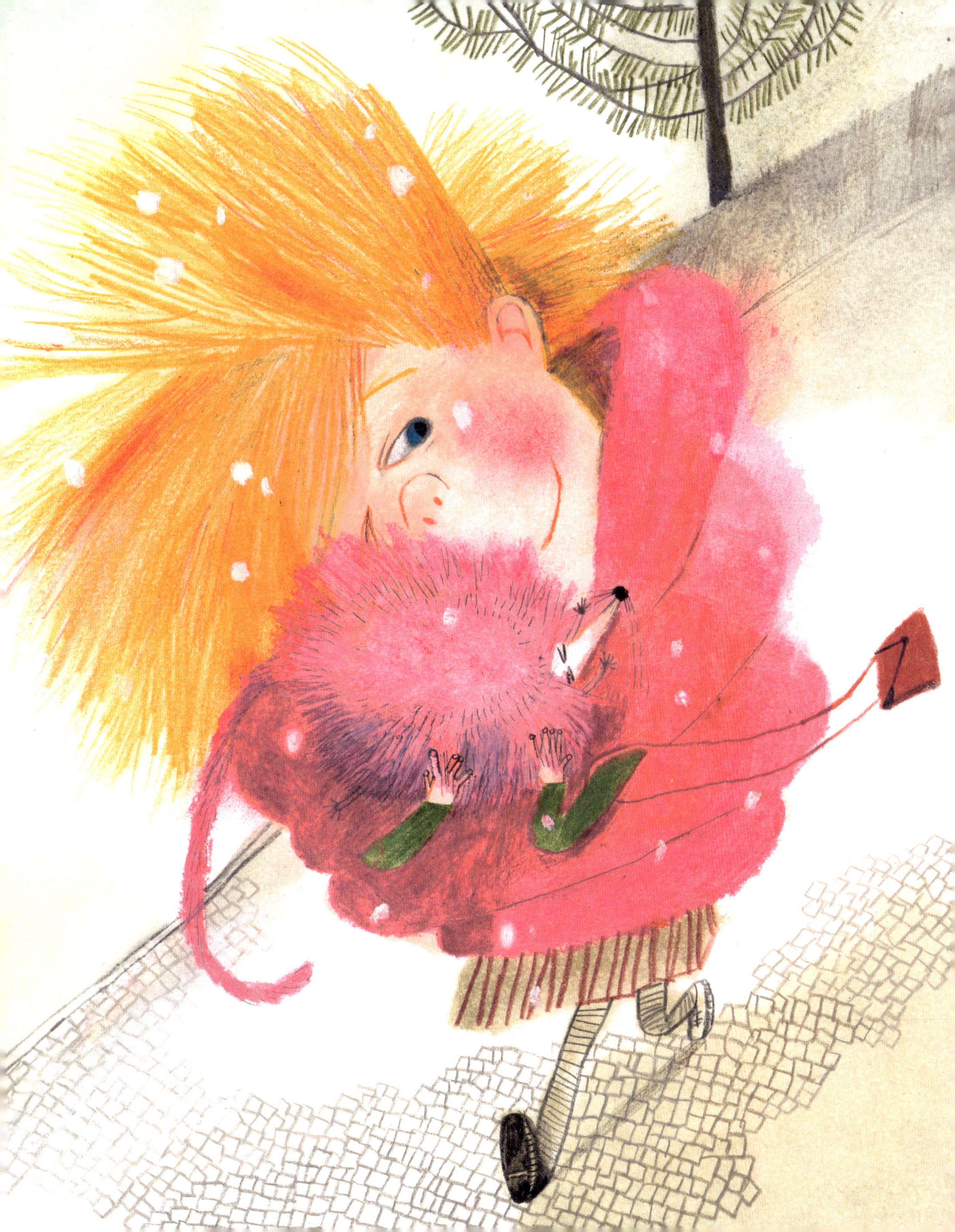

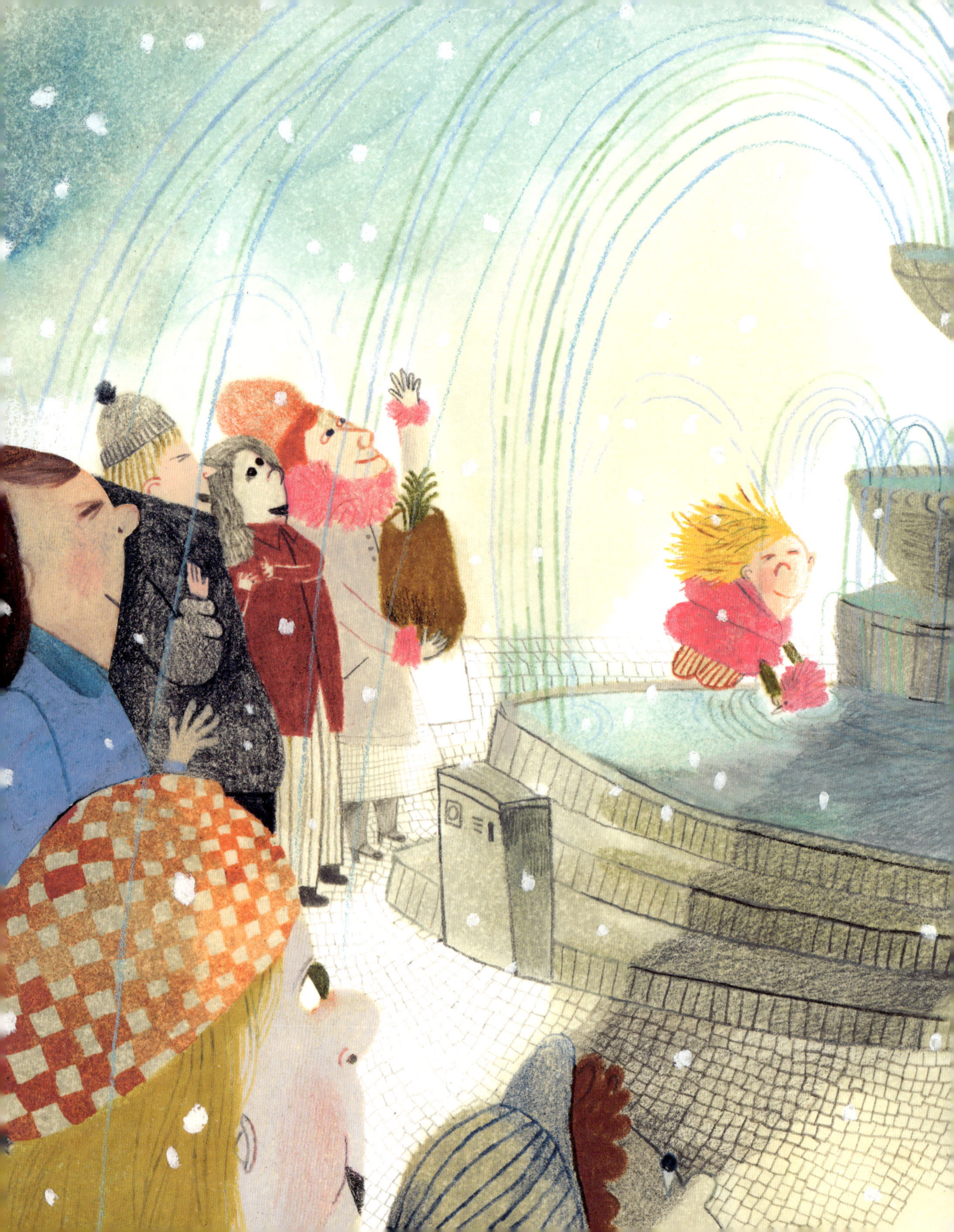

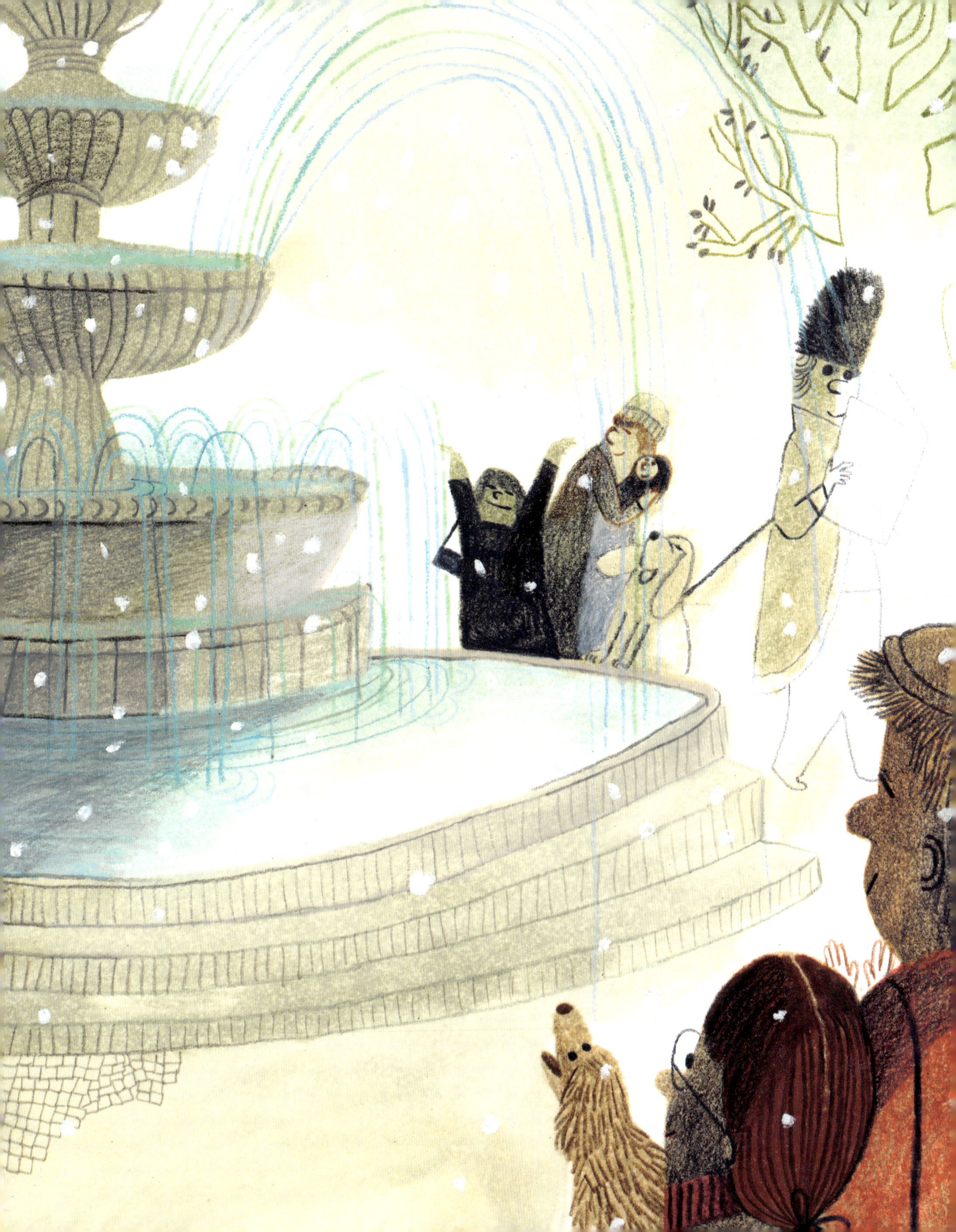

整本书的灵感源自胖胖这个角色。有一天，我突发灵感，画出了这只仿佛触电般竖毛的小狗，我立刻觉得有必要讲述它的故事。

通常，角色本身会向我们发出呼唤，对我而言，几乎总是如此。最初，这本书是专为日本读者而创作的。在完成这本书的六七年前，我就开始画我的第一幅画。但那时的故事与现在大相径庭。[参见46页] 主角和在商店里搜寻的场景已经存在，但小女孩还没有性格特征，而埃迪如今所经历的冒险也并未出现。

我花费了数年时间，在世界各地的旅行中拍摄了最美丽的商店橱窗照片。我的写作和所有这些研究在抽屉里存放了近六年：这是让它成熟并焕发生机所需的时间。

我将故事一次又一次地推敲修改，至少写了十遍，我不断地问自己如何才能真正通过一次冒险来传达我想要表达的内容。从文学角度看，我寻求一个简单而经典的冒险故事。

我以前从未尝试过写真正的冒险故事，结果发现这是一项艰巨的挑战。

考虑到这一点，《神奇的胖胖-蓬蓬-小小》对我来说非常新鲜。然而，书中包含了我几乎所有作品的核心主题：旅行、离开、追寻以及接纳自己。在我内心深处，我始终想要讲述同一个故事：一个脆弱的生命，在自己的内心找到强大的力量。

我的绘画也需要经过数十次尝试。当我画画时，我总是在寻找什么。我一直在寻找，直到找到某个东西告诉我："是的，你正走在正确的道路上；真的没别的路可走。"

为了用"轻盈的语言"讲述这个故事，我希望某些脆弱的元素能够发挥作用。孩子们极其脆弱，而胖胖则是一个被遗弃的、脆弱的生命。

我想谈论关爱，谈论各种形式的关注、探索与爱（通过对母亲的爱，小女孩发现了对自己和朋友的

爱，他们帮助她、给她建议，给予她关怀和爱）。

我还尝试通过视觉方式传达轻盈的感觉：雪花、飞鸟、热气腾腾的茶、流动的水、飘逸的头发和埃迪的奔跑。我希望通过所有这些轻盈的元素来讲述这样的故事，展示幻想所具有的巨大而根本的力量。而胖胖这个角色，凭借其大胆的色彩和奇特的面孔，正是这种力量的象征。

在意大利长大的我，耳熟能详的传统作家包括贾尼·罗大里、路易吉·马莱巴、卡洛·科洛迪和德·亚米契斯……孩子们总是与社会和社会问题紧密联系在一起，就如同我的童年。我书中的所有角色也不例外——都是需要关爱的生命。

因为我热爱外国文化（如英国的荒诞派，日本的万物有灵论，德国的超现实主义，以及俄罗斯和斯堪的纳维亚童话故事的魔力），我总是努力探索新的世界和新的视觉语言。

我绝不会将自己局限于某种特定的风格，因为我热衷于探索、改变和成长——即便这有可能让我的读者失望。我的书总是在无数次的怀疑、反思和重写中诞生。在写作过程中，尽管一切都在我脑海中自然流淌，但很少有东西是清晰明确的。最难的部分在于尝试表达出来。我很想说，我写作的方式与我所看到或想到的方式是一致的。但事实并非如此。虽然绘画对我来说非常自然，但要创作一本有叙事节奏的书，需要接受其创作过程是艰难的，有时甚至是痛苦的。然而，当书籍完成时，这一切痛苦都会被巨大的喜悦取代。

贝娅特丽丝·阿勒玛尼娅（Beatrice Alemagna）

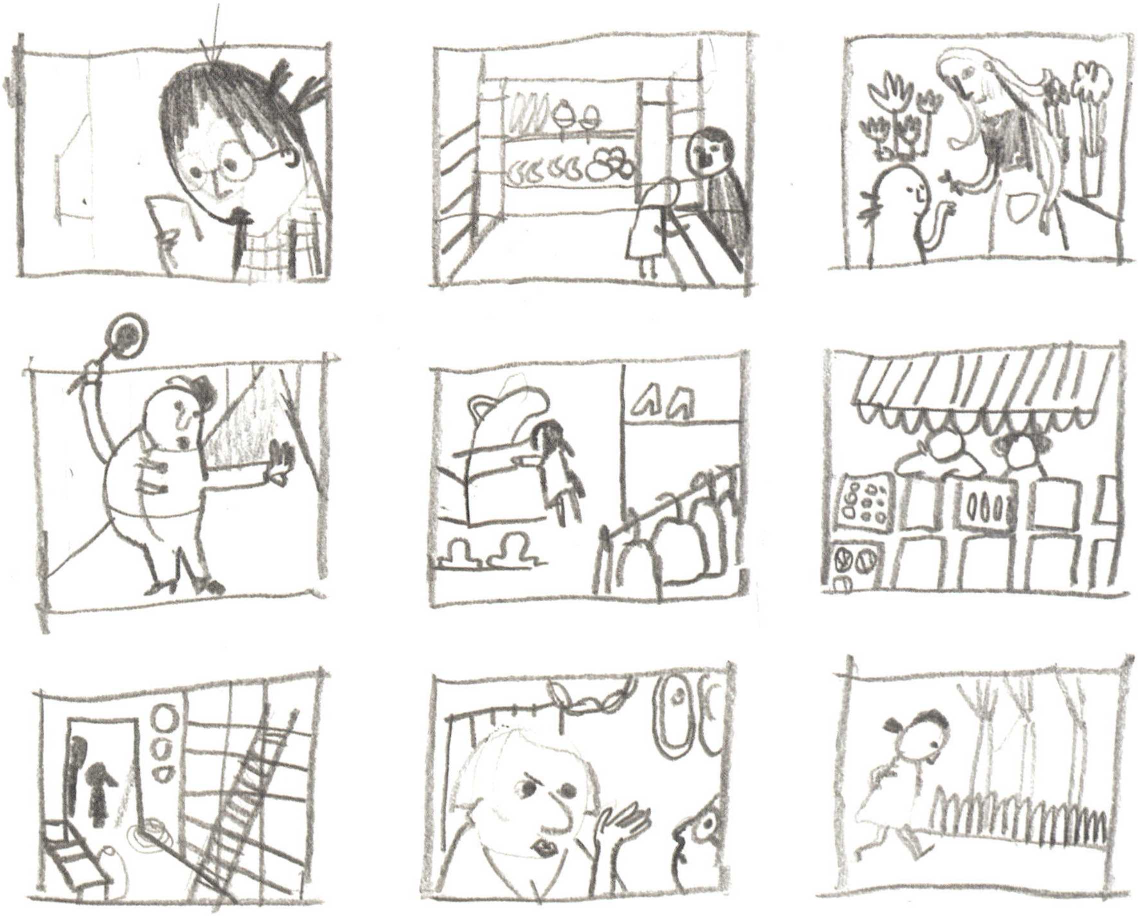

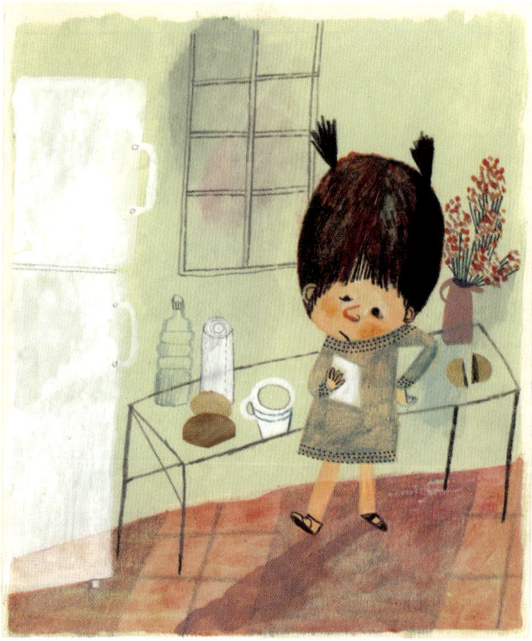

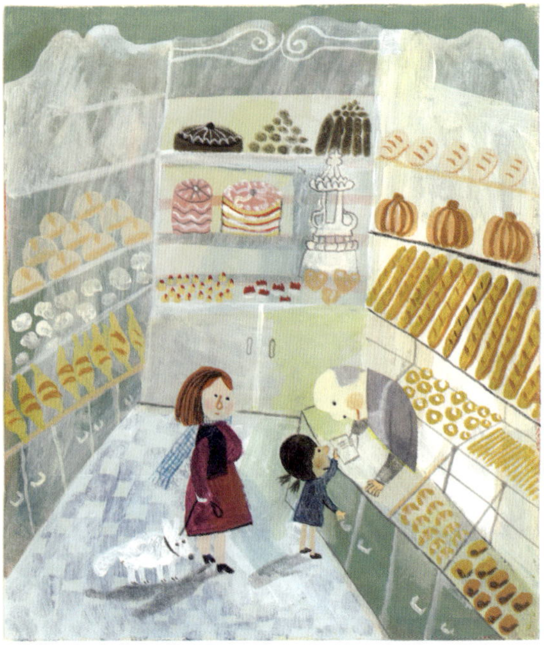

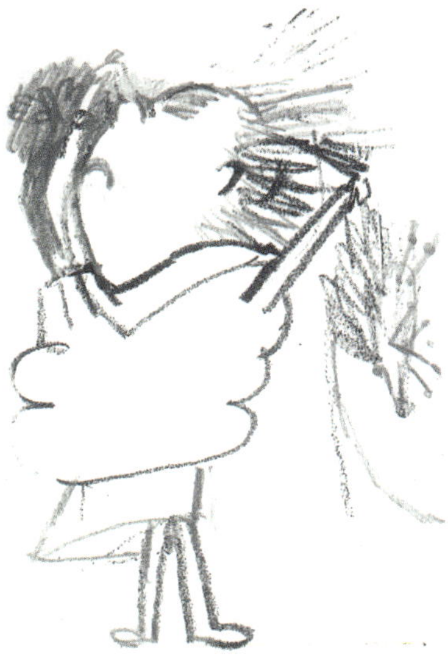

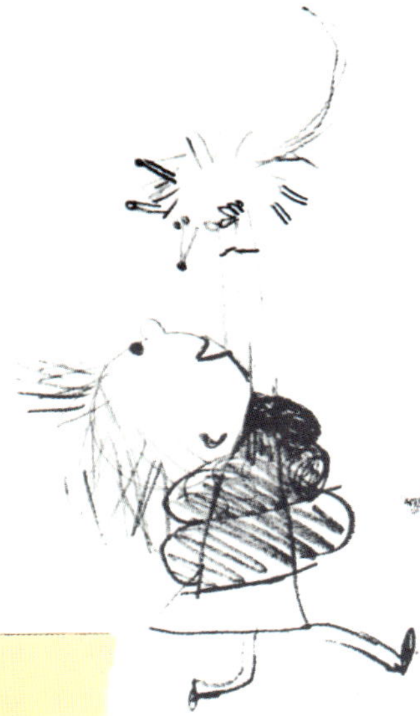

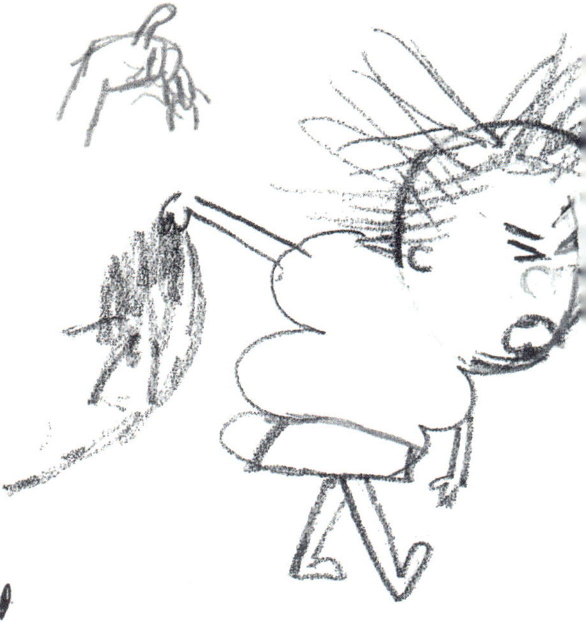

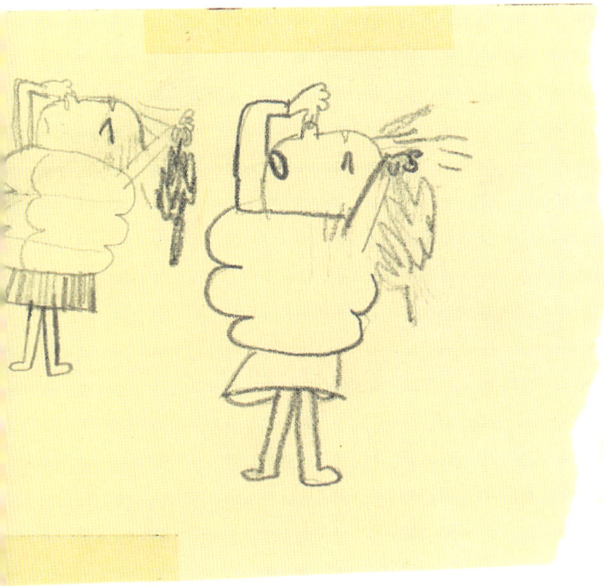

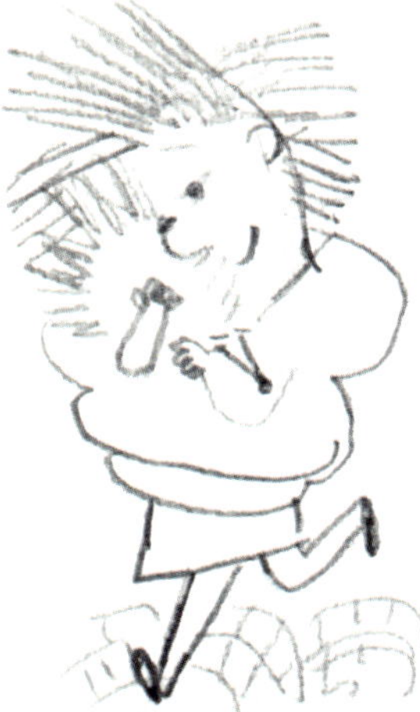

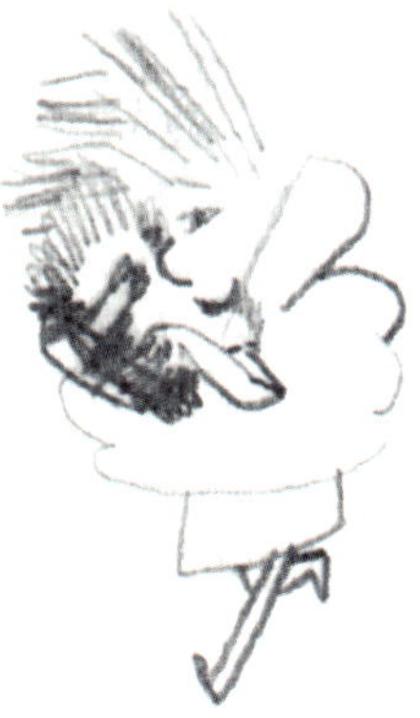

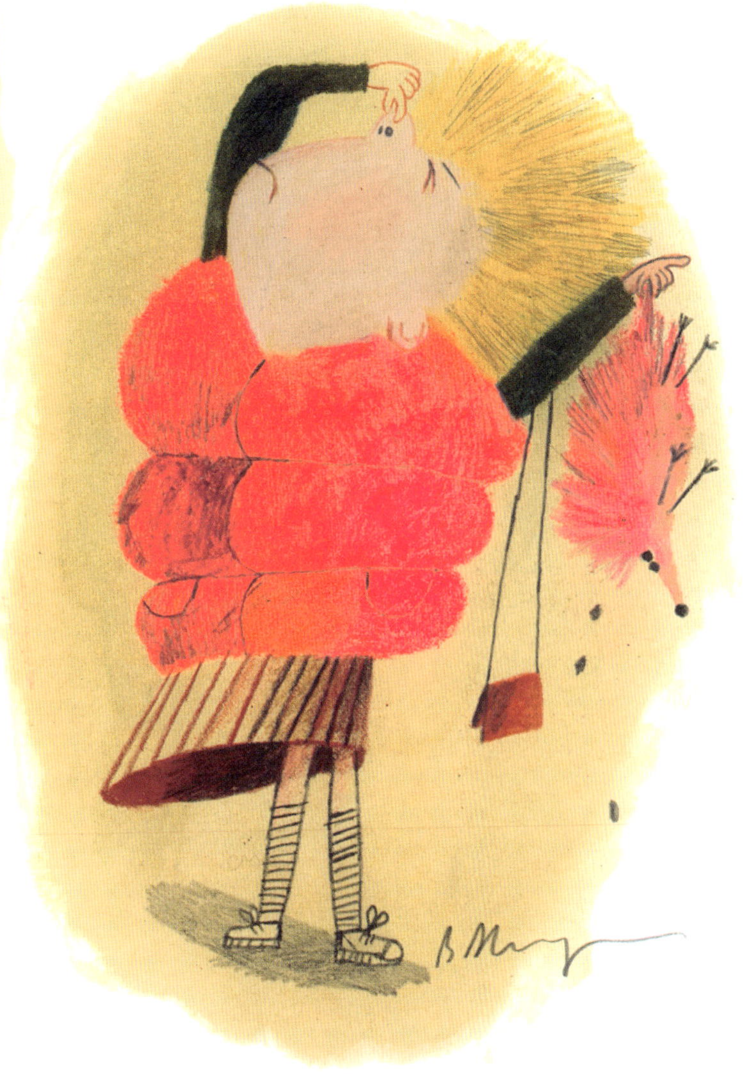

我喜欢混合物和混合体。我乐于打破围栏，不拘泥于年龄限制、时间限制、精确的审美规则和预先设定的惯例。这一切源于我对自己的巨大信任。我总是与来自内心深处的某种东西共同努力，它很强大，并以清晰而有力的方式表达自己。

最后，我痴迷于矛盾：我的书常常会用大开本（我不喜欢被幅面限制的感觉），但它们往往聚焦于小东西。我喜欢从自然界、人们脸上以及我所感受到的情绪中发现微不足道的东西。小东西，比如脆弱的东西，是最能打动我的。

LE MERVEILLEUX DODU-VELU-PETIT. Copyright © 2014 Albin Michel Jeunesse. Reproduced by permission of the publisher, Albin Michel, Paris, France. For a list of the different language editions, see Beatrice's post on picturebookmakers.com.

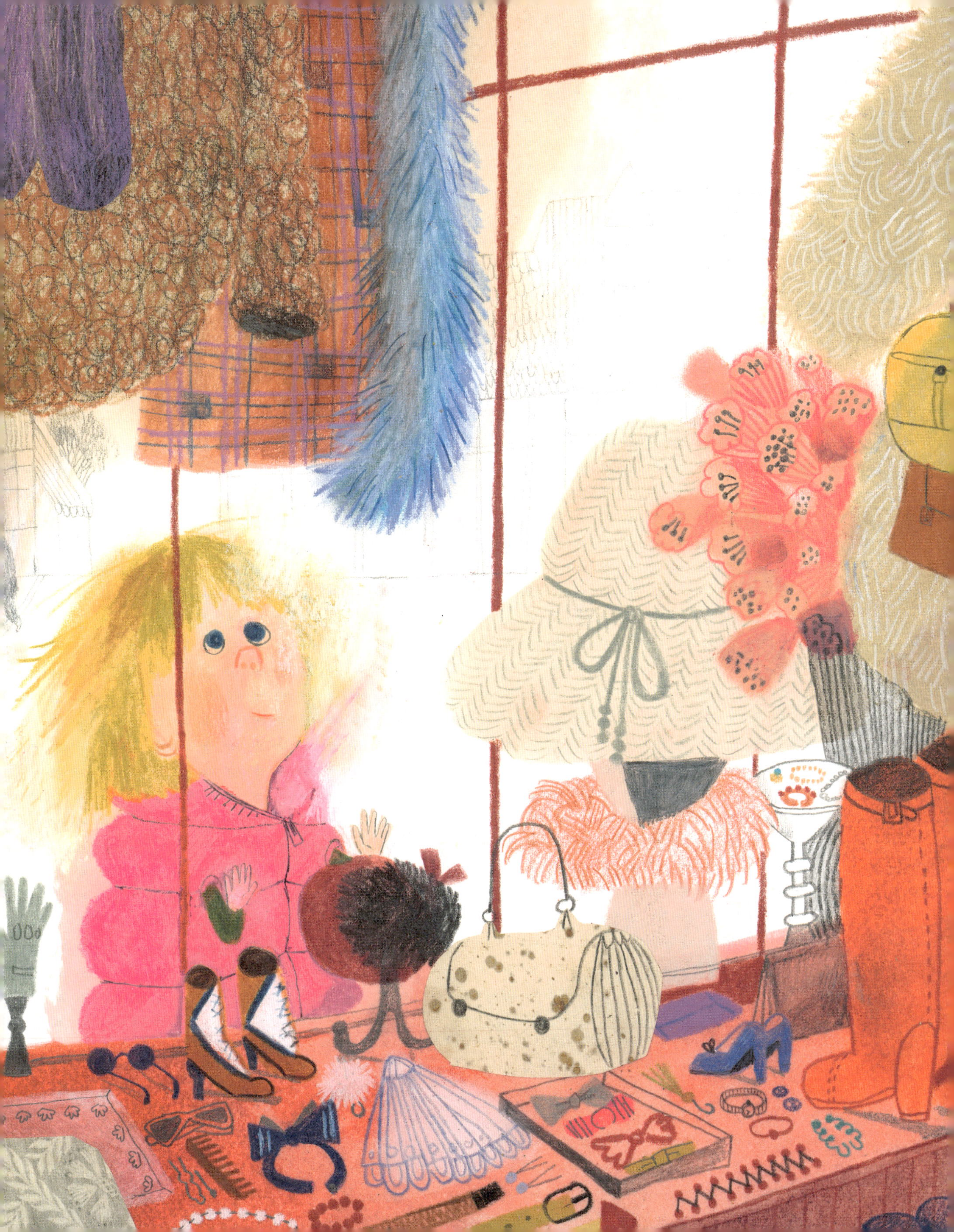

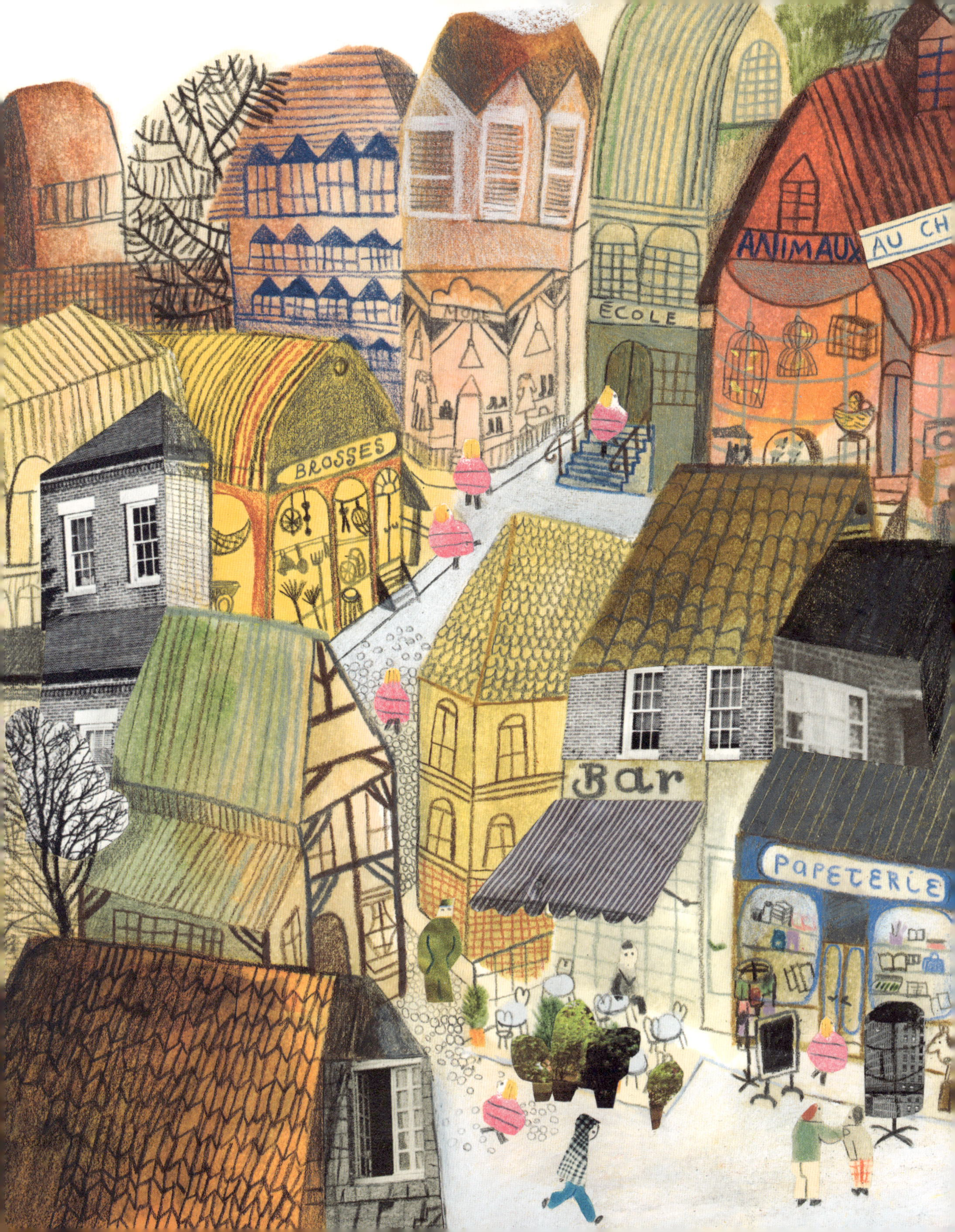

ANIMAUX
AU CH
ECOLE
MODE
BROSSES
Bar
PaPeTeRIe

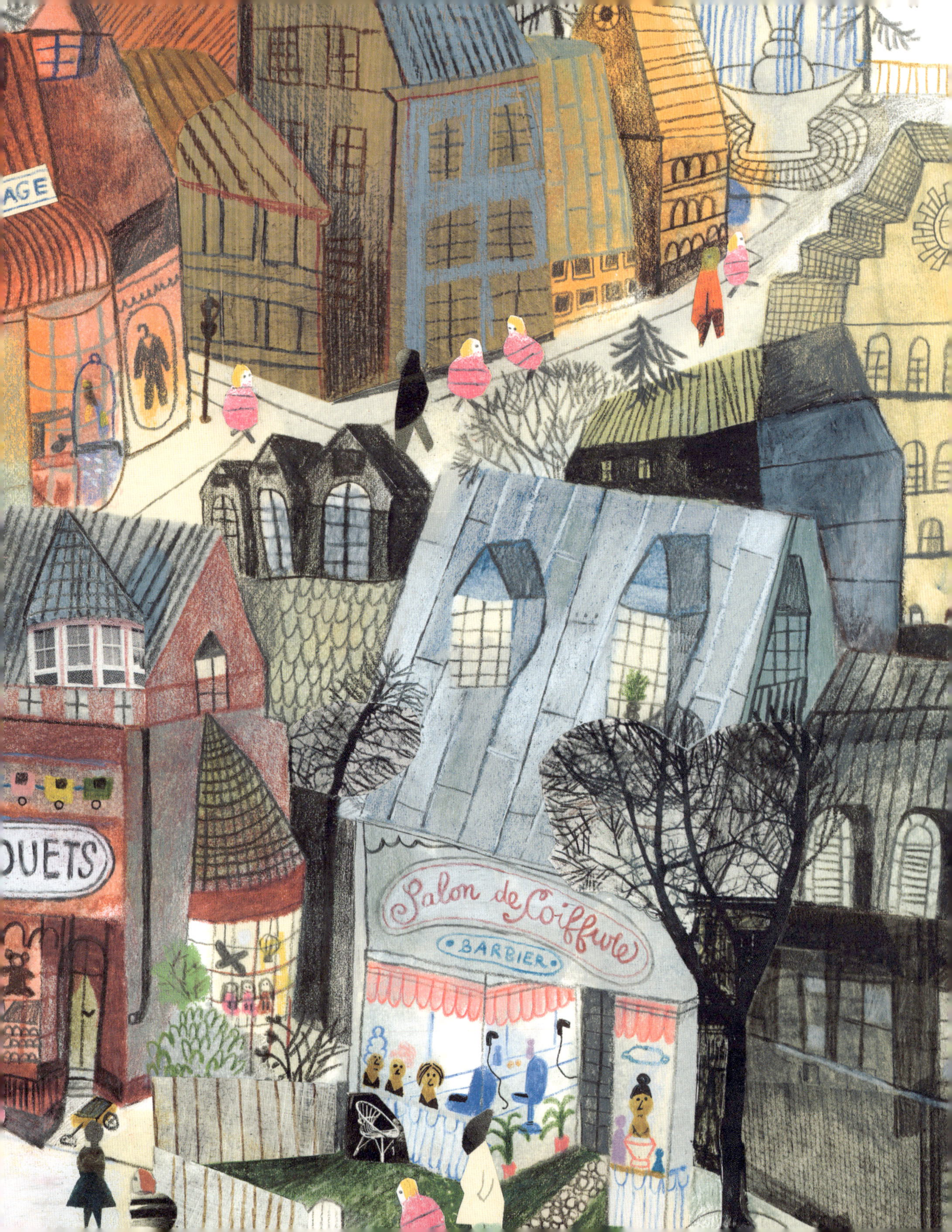
AGE
OUETS
Salon de Coiffure
BARBIER

克里斯·霍顿（Chris Haughton）

爱尔兰

克里斯·霍顿的图画书处女作《小小迷路了》已被翻译成大约30种语言，并荣获了许多国际奖项，包括意大利年度安徒生奖。克里斯联合创立了公平贸易社会企业NODE，因其在公平贸易公司"人树"（People Tree）的工作，被《时代》杂志评选为"设计100强"之一。克里斯出生于爱尔兰的都柏林，目前在伦敦生活和工作。

在本章中，克里斯谈到了他大胆且富有创意的图画书《嘘！我们有个计划》（Shh! We Have a Plan）。这本书最初由沃克出版社在英国出版，已被翻译成多种语言，包括西班牙语、日语和瑞典语。

克里斯：作为插画师，我一直秉持这样的观念：简化一切，以便传达核心信息——所以我试图找到故事的本质，并剔除其他不必要的元素。

在我的书中，我始终尝试尽可能通过图像而非文字来讲故事。如果一个故事能在无需语言的情况下被读懂，那么它就应该有能力让非常年幼的读者理解。我想，我的所有书都以一种不依赖语言文字的方式讲述，而这本书可能是最具视觉性的一本。当然，它的文字也是最少的。实际上，总共只有103个词，其中10个是"嘘"（shh），我不确定这算不算一个词，但还是把它们算进去了。

我开始勾勒这个想法，觉得肯定能制作一本关于追逐与捕捉主题的书。在爱丁堡边缘艺术节上，我看到了邦克先生令人难以置信且鼓舞人心的表演《沼泽果汁》，这激发了我的灵感。这让我想到了动画片《BB鸟与歪心狼》，其中一些精心设计的计划在视觉上效果很好。突然之间，我脑海中浮现出三个试图捕捉一只鸟的恶棍形象——我觉得如果他们每个人都有不同的计划，那就太有趣了。

我最喜欢的一种表现方式是某种拉长的哑剧效果（类似于《小小迷路了》和《别这样，小乖！》），在"准备，一、二、三"——三个人摆好姿势准备抓鸟——和"上！"之间有一个期待的翻页……当然，他们并未成功。

找到故事结局其实相当容易，因为我一开始就已经想好了！真正棘手的部分是如何将结局融入到整个故事中……

Shh!
WE HAVE A PLAN
CHRIS HAUGHTON

ready one

54　图画书创作谈

ready two   ready three ...

克里斯·霍顿（Chris Haughton） 55

最初我还为这本书设计了三个给鸟喂食的"好"角色，但在故事中途引入他们似乎显得突兀。最好是让一个角色在故事中贯穿始终，拥有解决问题的答案。

这本书在模拟每页有四五个角色时显得有点笨重和啰唆，于是我和我的艺术总监黛特一起琢磨，想到了在页面上进行对话的创意。

这种方式具有很大的喜剧潜力。它利用了重复，每个角色都在一遍又一遍地重复着同样的事情。这是可预测的情节，同时也具有哑剧的效果，非常适合发出滑稽的声音。

tip-toe slowly   tip-toe slowly   now stop shh!

对于我的前两本书，人们总是问我是否使用了剪纸手法，因为它们看起来很像剪纸作品——但事实上我在创作时根本没有使用剪纸，而是完全用铅笔和数字绘画完成。不过对这本书来说，因为每页都有五个角色，所以需要进行大幅度的简化，才能让读者看得更清楚。不仅如此，我还渴望让对话在页面上顺畅地展开，使每句话都与角色的动作相匹配。书中有很多构图的变化，很明显，每一页的最佳构图方式就是剪纸拼贴。事实上，用剪纸创造一个主要是剪影的图像非常适合——那些鸟的设计也得益于此。

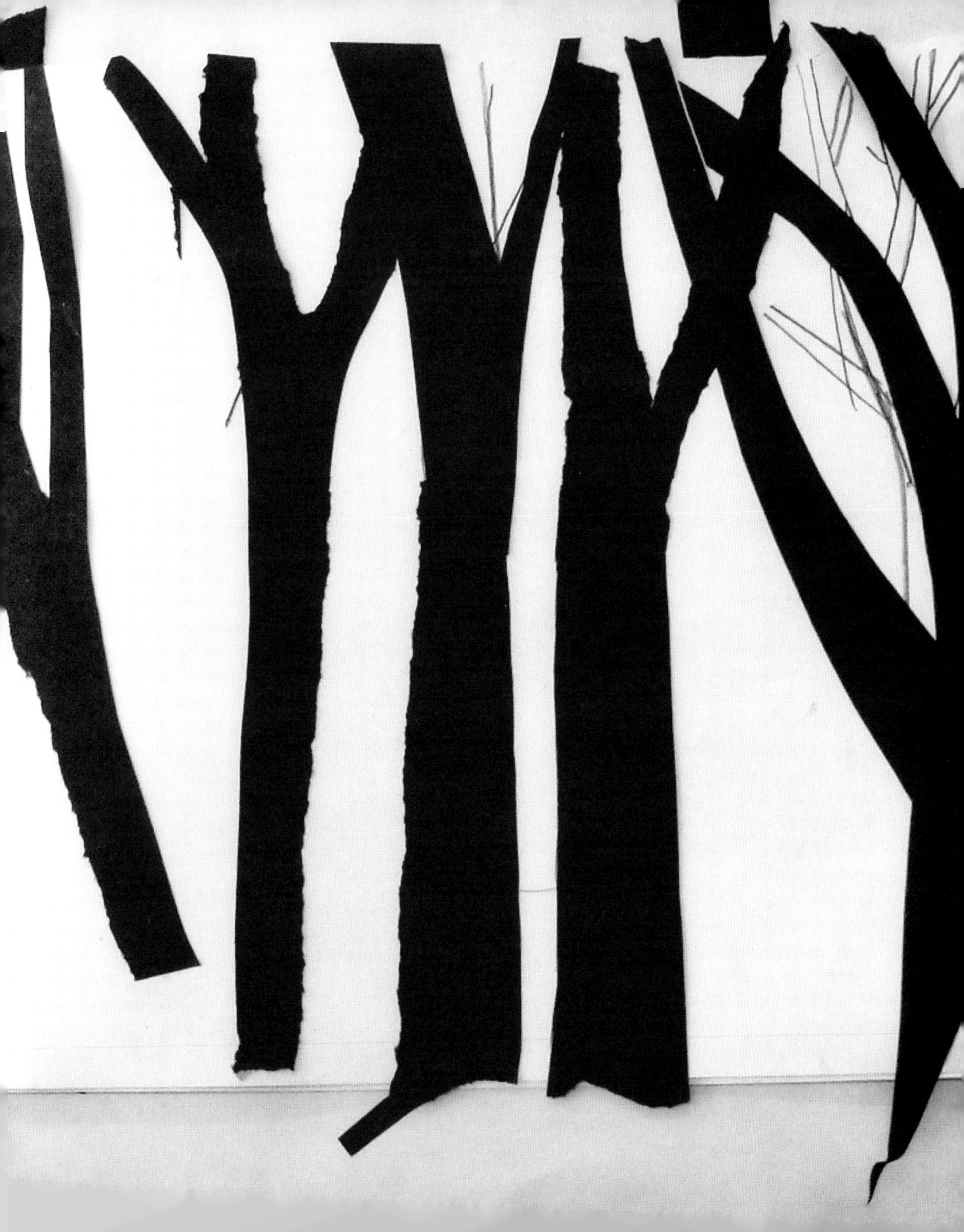

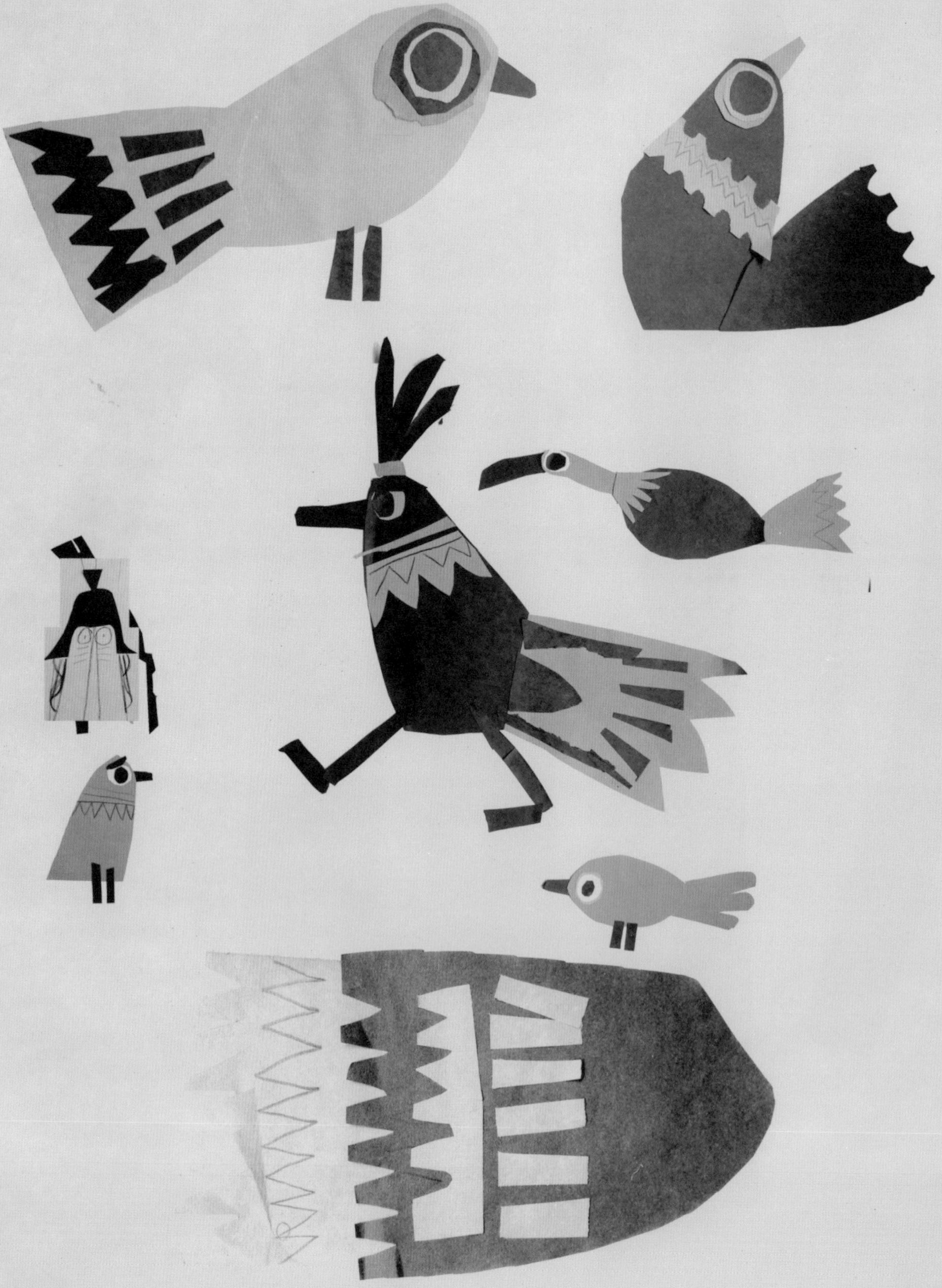

我很想让鸟看起来仿佛来自另一个世界——色彩鲜艳、抽象，与故事中角色的世界相隔离。这会把所有的注意力集中在页面上相对较小的鸟儿身上，引导读者阅读这本书，并在结尾处给人以色彩的视觉冲击。

我的其他作品都色彩斑斓，所以在这本书中尝试几乎完全用剪影来创作让我颇感满足。事实上，在色彩方面有很多非常有趣的实验。通常，全彩印刷是用CMYK（青色、品红、黄色和黑色）四色，但这本书全部只用CMK印刷，书中唯一出现的Y（黄色）是鸟的颜色。我们希望通过这种方式，让鸟儿完全从书的其他部分中脱颖而出。

在此，我要衷心感谢我的艺术总监黛特·麦克德莫特和编辑大卫·劳埃德，他们为这本书提供了宝贵意见和帮助。在他们的帮助下，这本书取得了不可估量的进步，能与他们共事，我觉得自己非常幸运。

SHH! WE HAVE A PLAN. Copyright © 2014 by Chris Haughton. Reproduced by permission of Walker Books Ltd, London SE11 5HJ. www.walker.co.uk. For a list of the different language editions, see Chris's post on picturebookmakers.com.

克里斯·霍顿（Chris Haughton）

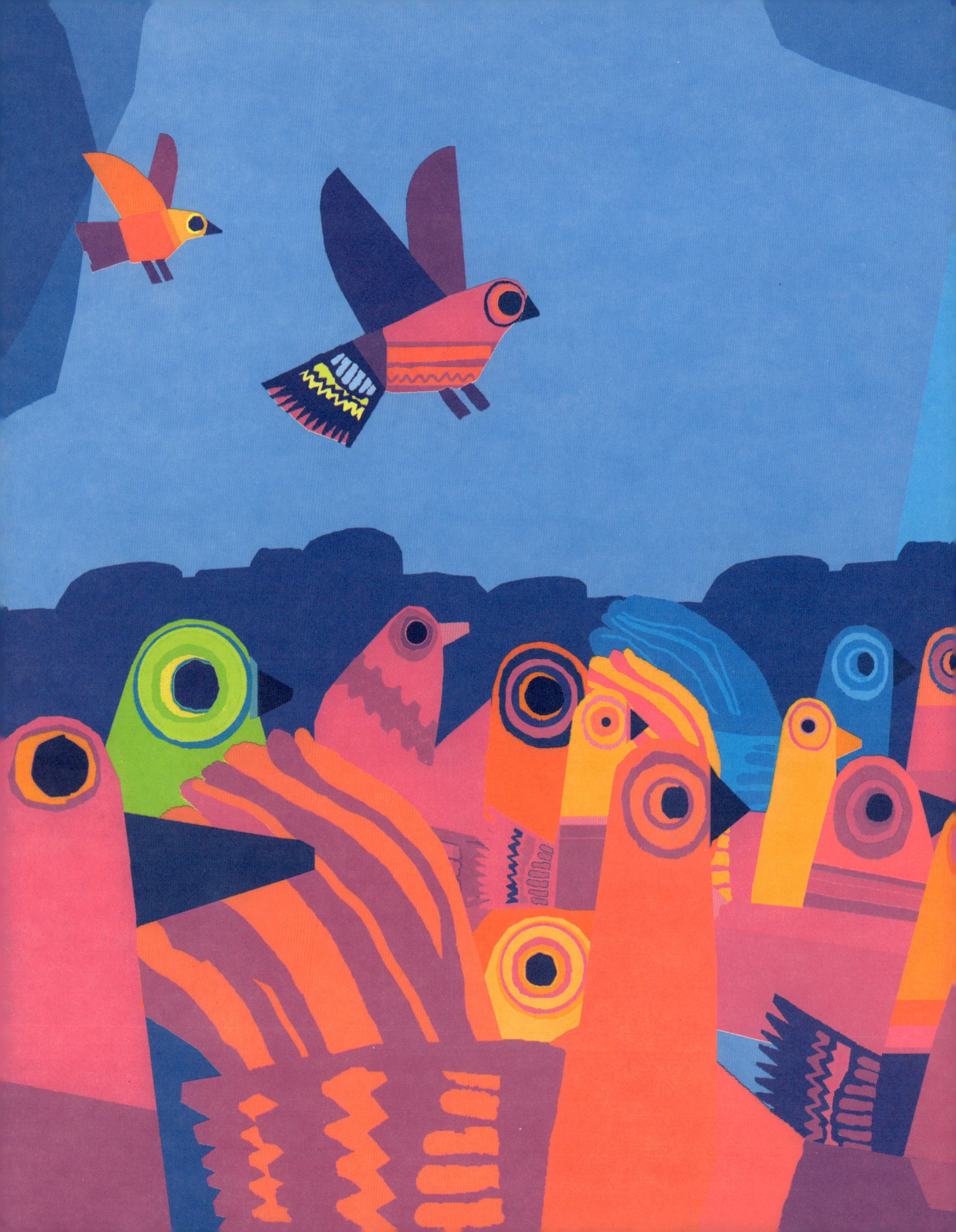

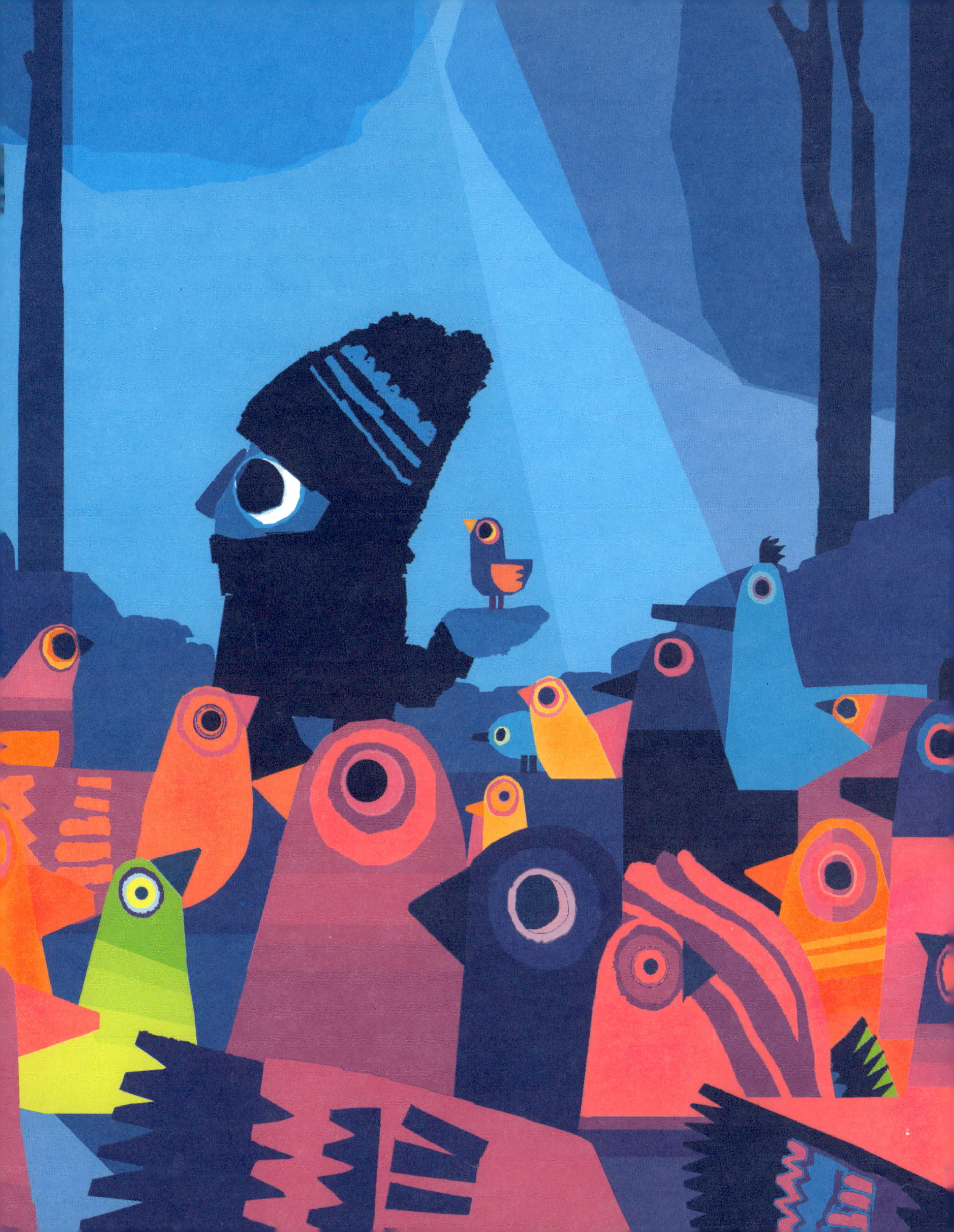

凯蒂·克劳泽（Kitty Crowther）
比利时

凯蒂·克劳泽，出生于布鲁塞尔，父母分别来自英国和瑞典。她如今在比利时瓦隆地区生活与工作。她自写自画了大约40本书，这些作品已被翻译成20多种语言。2010年，凯蒂荣获林格伦纪念奖。

在本章中，凯蒂详细讲述了《美杜莎妈妈》（Mère Méduse）一书的创作过程，并分享了一些迷人的草图和插画。这本以母爱纽带为主题的引人入胜的图画书，最初是由法国开心学校出版社比利时粉彩分社以法语出版的。

凯蒂：2015年是法国开心学校出版社成立的五十周年。在我孩提时代，就曾读过他们出版的许多作品，并且一次次沉浸在那些书籍的魅力之中。如今，我已经与粉彩分社（开心学校出版社位于比利时的子品牌分社）合作了接近30年。我最近在粉彩分社出的一本图画书名为《美杜莎妈妈》。在翻译书名时，我更倾向于选择"美杜莎妈妈"而非"水母妈妈"，尽管"medusa"（美杜莎）确实也可以是水母的意思。对我来说，美杜莎妈妈是古希腊神话中美杜莎的后裔。后面我会谈到这个神话。

水母的英文名称"jellyfish"从1796年开始使用，尽管在那之前不久，瑞典植物学家、动物学家林内乌斯（更著名的称谓是林奈，他太有名了，你甚至可以简称他为L）还在用他创造的"medusa"这个词。瑞典作家奥古斯特·斯特林堡曾写道："林奈其实是一个诗人，碰巧成了自然主义者。"简单来说，林奈对所有生物进行了分类和命名，他为水母取了一个名字叫美杜莎，因为它们的触须让他联想到了古希腊神话中戈尔贡三姐妹之一的美杜莎的头发。

我还记得和我的大儿子西奥多讨论未来时，他那时只有17岁（如今已经20多岁了）。我想知道他长大后想要从事什么职业。为了逗趣，他也反问了我同样的问题。我笑着回答，最初我说是昆虫学家，但在几轮讨论后，我们选择了生物学家。

我想我是多么热爱每一种生物。鸟儿、花朵、石头，我对它们都无法抗拒。当然，还有昆虫。

因此，我为带着水母及科学概念侵入你的阅读空间表示歉意。但我喜欢谈论这些话题。

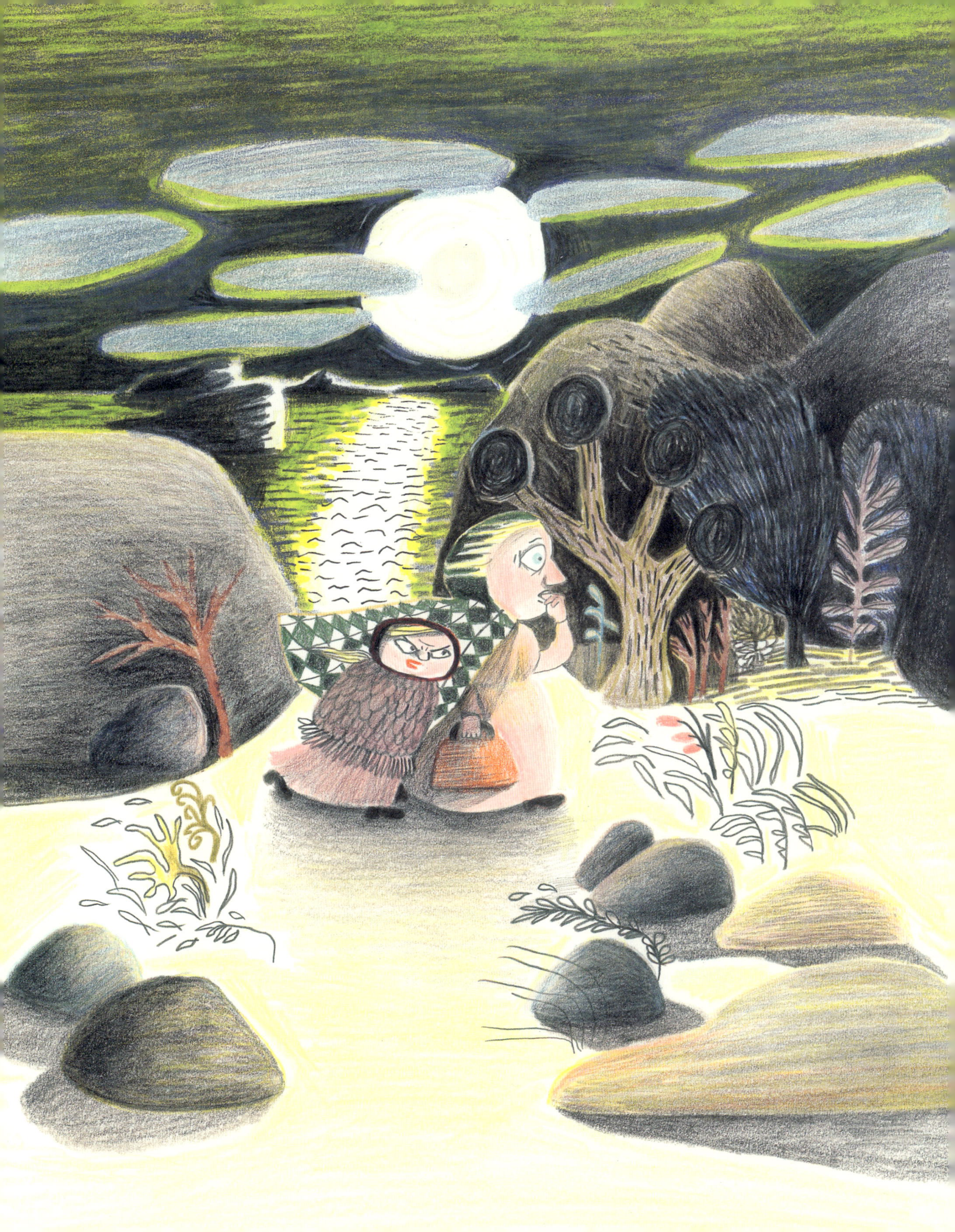

我认为水母是非常神奇的生物。

　　水母体内的盐分浓度与海水的盐分浓度相当。这也是为什么它们能保持如此静止不动的原因。它们看似被定格在水中，我很喜欢看它们缓缓游动的样子。想到它们在海洋里已经存在了6.5亿年，我甚至无法想象这段时间究竟有多漫长。

它们犹如守护者。我不奇怪它们在生态系统中扮演着很重要的角色。甚至还有人说有一种水母是永生的。

　　当我还是个小女孩时，曾着迷地看着水母（那些搁浅在沙滩上的水母），并尝试把它们放回到水中。当然，我被蜇到了。但尽管如此，我仍会那么做。

一种令人着迷的美丽，却让人保持距离。正如我书中的角色美杜莎妈妈一样，她与这个世界保持着一定的距离。仿佛被自己的头发所禁锢。只有她的女儿可以接近她。头发如此浓密，她无法解开。

言归正传。2010年，我荣获了林格伦纪念奖这个令人惊叹的奖项，自此走遍了世界各地（真让我高兴），但有时候这样的经历太多了。我没有时间去写作、绘画。我也需要时间什么都不做。还有一种非常特别的倾听：倾听想要返回的东西。我说过非常多次，不是作者选择了故事，而是故事选择了你。

有时我很高兴完成了一本书。然后没有任何计划……但这种情况不会持续很久，就像呼吸暂停，处于吸气和呼气之间。而我想知道这次会发生什么。

2012年，在法国穆兰市，我参加了一场精彩的博览会。在梅洛伊斯儿童插画艺术博物馆的五个展厅里，我绘制了一幅拥有一百个角色的大画。他们把它印得非常大，贴在墙上，让孩子们在上面涂色。[参见68页]比起纸上观看，更像是"身临其境"，这种感觉真的很棒。在这千姿百态的角色中，一个非常奇怪的女人出现在一个非常漂亮的小女孩身边。从那之后，她们又回来了，先是在一张海报上，而后一次又一次出现。

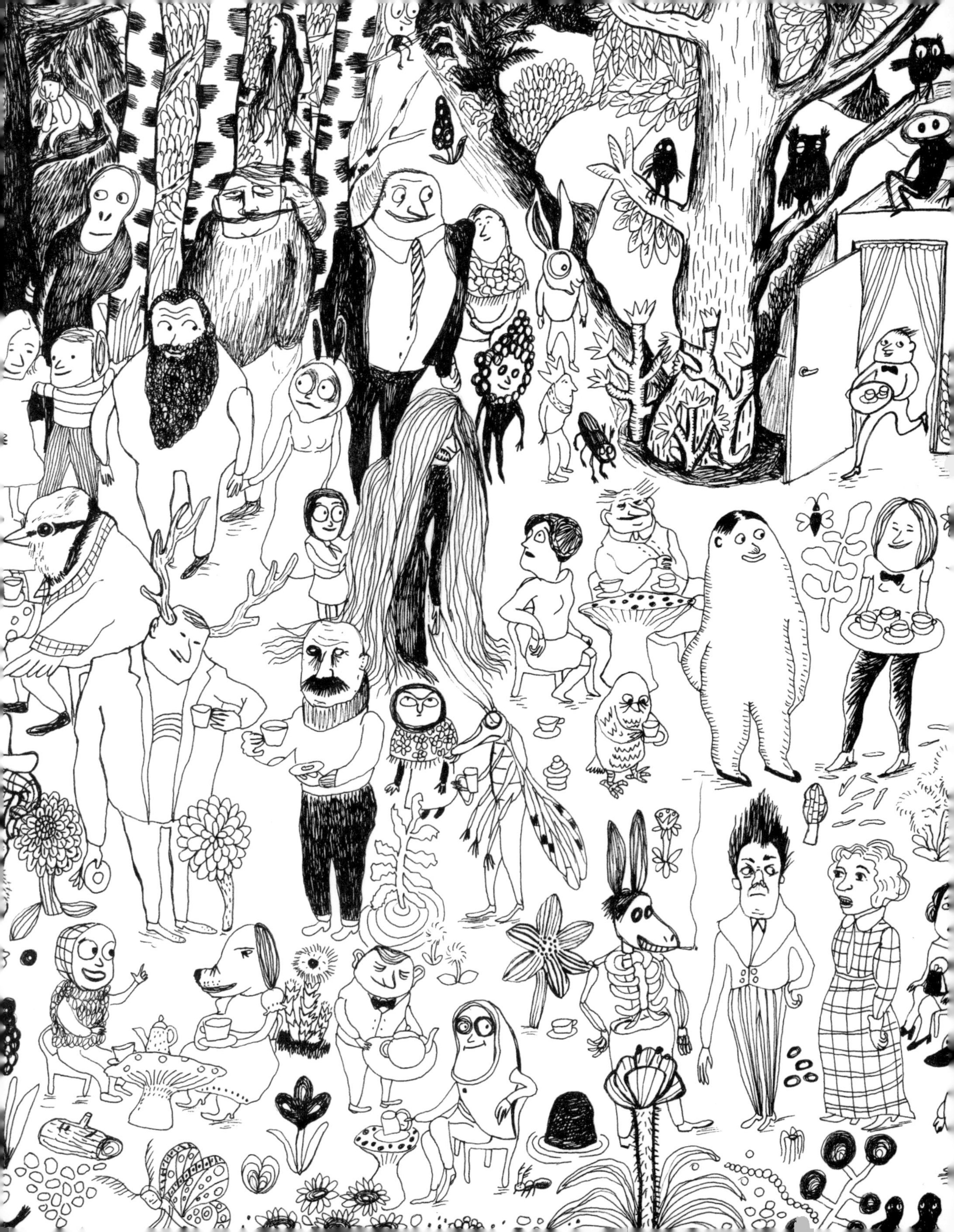

画头发是很迷人的。我对哈丽雅特·范·雷克创作的一本名为《字母朵儿遇见嘟嘟》（*Letterdromen met Do*）的图画书深感折服。我喜欢书中头发的呈现方式。有时很像海藻。很接近日本画的风格。有很多东西可以说。线，纽带，蜘蛛，等等。我不会陷入心理分析，这部分就留给你们吧。

神话人物美杜莎深深触动了我。你知道她的故事吗？这里有一个版本：据说，美杜莎非常漂亮。如此美丽，以至于波塞冬带着她在雅典娜（宙斯的女儿，一个处女和一个伟大的战士）的神庙里强奸了她。雅典娜愤怒地将美杜莎和她那两个不朽的姐妹（欧律阿勒和斯忒诺）一起变成了怪物。美杜莎的头发变成了蛇，她的眼睛放大了，能让任何与她对视的人瞬间石化。后来珀尔修斯将她斩首（至于这部史诗的细节，就留给你去发掘吧），从她被切开的脖颈中诞生了克律萨俄耳（他拥有一柄金剑）和珀伽索斯（没错，就是那匹飞马）。我的美杜莎与克律萨俄耳站在同一边。

女性的力量、眼神的威力（一个致命的女人）、对阉割的恐惧、与怪兽的亲密关系，以及史前母系社会的存在——所有这些都集中体现在一个女人身上！

凯蒂·克劳泽（Kitty Crowther）

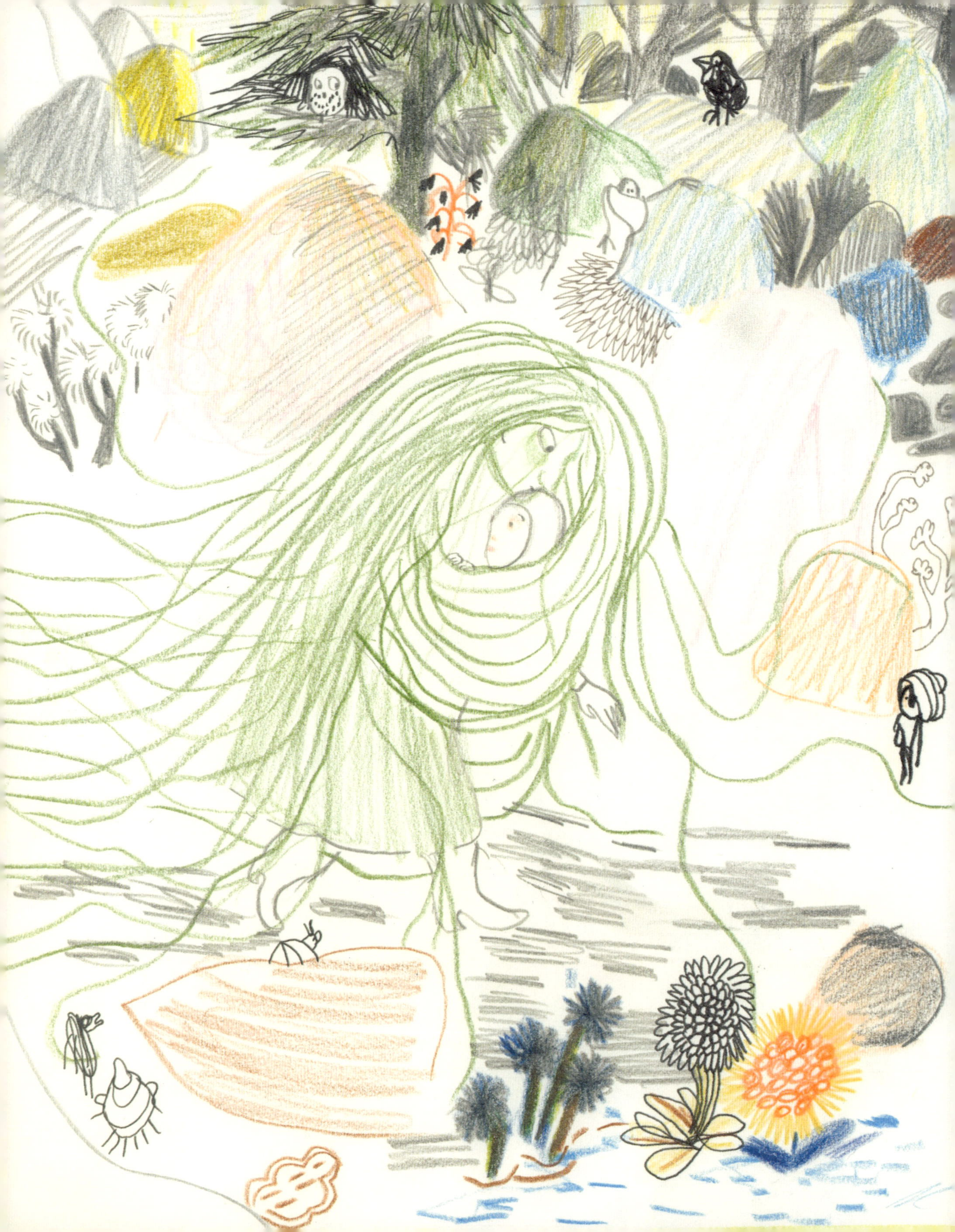

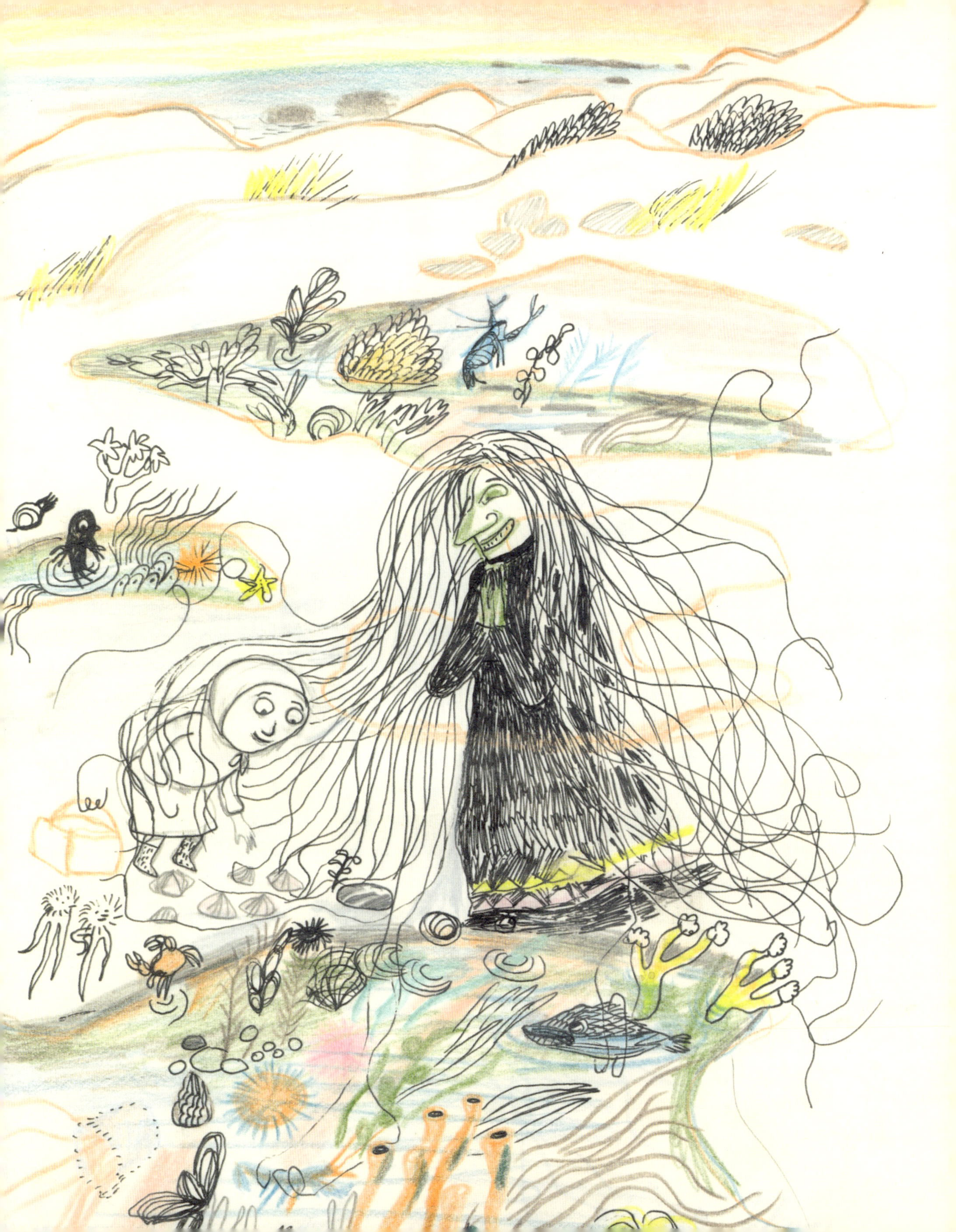

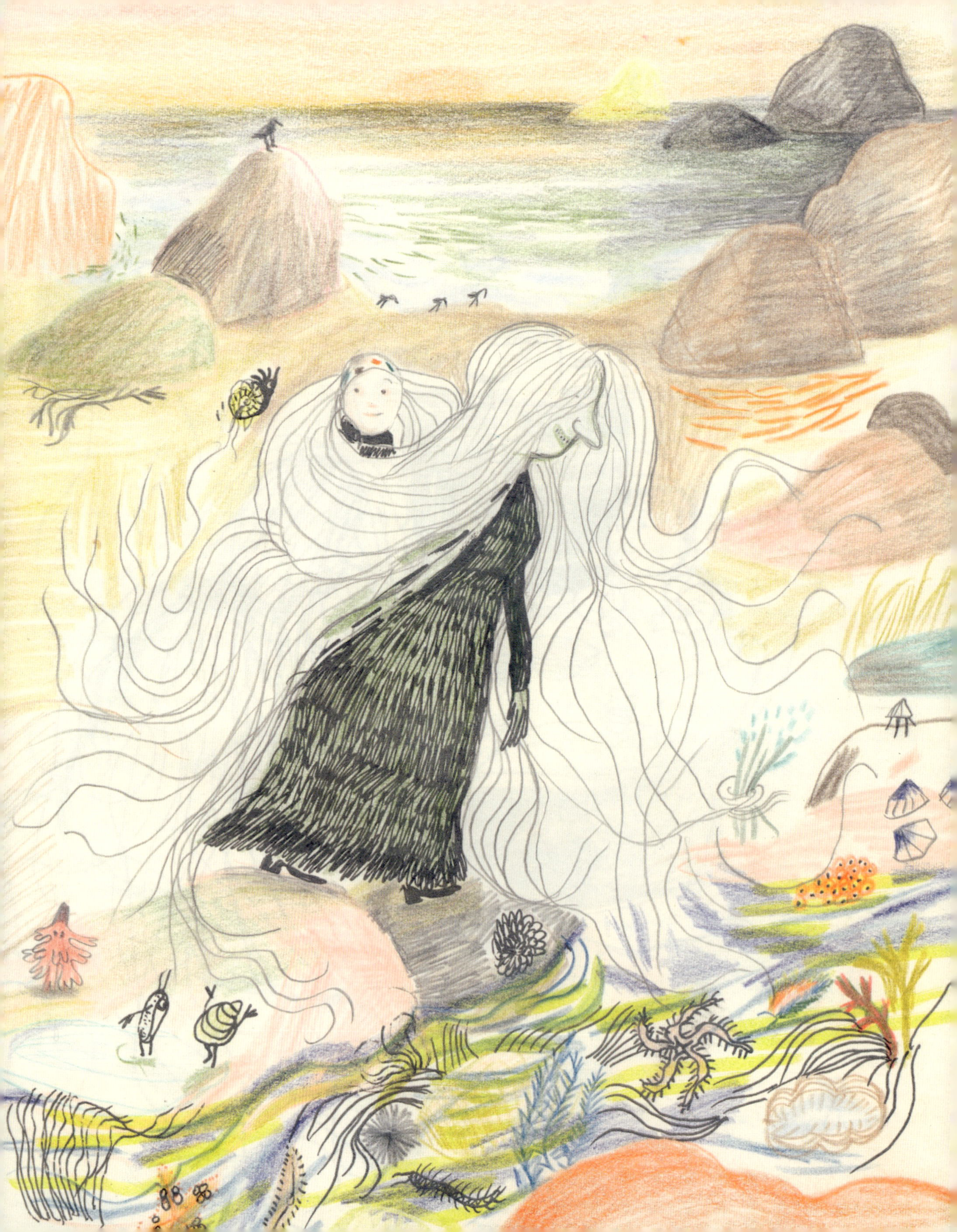

我同时运用着古老的符号和神话典故。所有强大的力量。还记得吗，不是我在选择。

我想到了那些非常叛逆的女人，就像朋克一族。我想知道一个人有这样一个母亲，怎么能来到这个世界上。有点像"灾星简"（请读读那本美丽的书《灾星简写给女儿的信》，尽管关于那些信的真伪，莫衷一是）。

女性边缘人。爱错了，但爱得很深。一个小可爱。特别甜美可爱。她爱她的妈妈，确定无疑。然而，她也渴望与那些和她一样的人在一起。

通过旅行，这个故事在我心中逐渐发展起来。而且我没有停止构思。我反复琢磨。看到了其中的神奇关联。

我一度很难开始这个故事。通常，这个过程应该很直接。然而，美杜莎非常难以驯服。我曾试图朝某个方向发展——让她有点像女巫，像卡通人物，或者有点像托芙·扬松的风格——但每次尝试都以失败告终。

在这本书的创作过程中，我在瑞典（我妈妈是瑞典人）度过了一段时间。我喜欢那里长在水中的所有扁平岩石。它们仿佛经过了冰雪和风的打磨……

我尝试创作永恒的故事。没有电话，没有电视。只有人、天空、地面和一切生长、行走和飞翔的东西。

我还有一种迷恋：彩虹色。就像彩虹或像残留在水面上的油。有点恶心，但看着非常美。像珍珠贝。

MÈRE MÉDUSE. Copyright © 2014 l'école des loisirs. Reproduced by permission of the publisher, Pastel–l'école des loisirs, Brussels, Belgium. For a list of the different language editions, see Kitty's post on picturebookmakers.com.

凯蒂·克劳泽（Kitty Crowther） 75

乔恩·克拉森（Jon Klassen）

加拿大

乔恩·克拉森在尼亚加拉瀑布地区长大，现居住于洛杉矶。他曾担任过动画片、音乐视频以及媒体文章的插画师，后以《我要把我的帽子找回来》首次作为图画书艺术家亮相。从那以后，乔恩的作品获得了包括凯迪克大奖和凯特·格林纳威奖在内的许多奖项。

在本章中，乔恩谈到了他的"帽子三部曲"（Hat Trilogy）。这三部杰出的图画书共销售了超过200万册，在《纽约时报》畅销书排行榜上常驻数年，并已被翻译成30多种语言。

乔恩：我来谈谈做这三本书——《我要把我的帽子找回来》《这不是我的帽子》和《我们发现了一顶帽子》——的过程。

我曾为其他书画过插画，但这些是我最早自己来写的三本书，所以我更多来谈写作方面，而不只是谈插画。

当我越来越专注于全职创作图书时，我很快意识到，要使这件事可行，我需要开始创作自己的作品。然而，我面临一个问题，那就是我不喜欢画角色。我更喜欢画风景和无生命的物体，而那时这种喜好尤为强烈。创作一个以非活物为主体的作品是一种有趣的挑战，我喜欢它带来的那种安静的效果。

绘制角色总让我觉得像是在作弊，不知何故。就好像这是一个简单的方法，用以吸引观众的注意力和焦点。我喜欢那种让观众在周围徘徊、自己去寻找故事的作品。我想，我对绘制角色的厌恶一部分缘于感性，一部分缘于我害怕去编造它们。编造出一个角色似乎总是有些不大可能。

大约在同一时期，一家名为红帽卡的公司邀请我为其制作一些贺卡。我寄去了一些以椅子和无生命物体为主体的草图，红帽卡回信询问我是否可以尝试创作一些更具吸引力的东西，比如一些角色。我争辩说，我以前并没有真正这样做过，但他们是（现在也依然是）我的朋友，所以大家又心平气和地向我提出要求。最后，我发给红帽卡的是一系列戴着生日帽、拿着气球的动物，但动物们的表情和姿势让我觉得它们似乎不了解

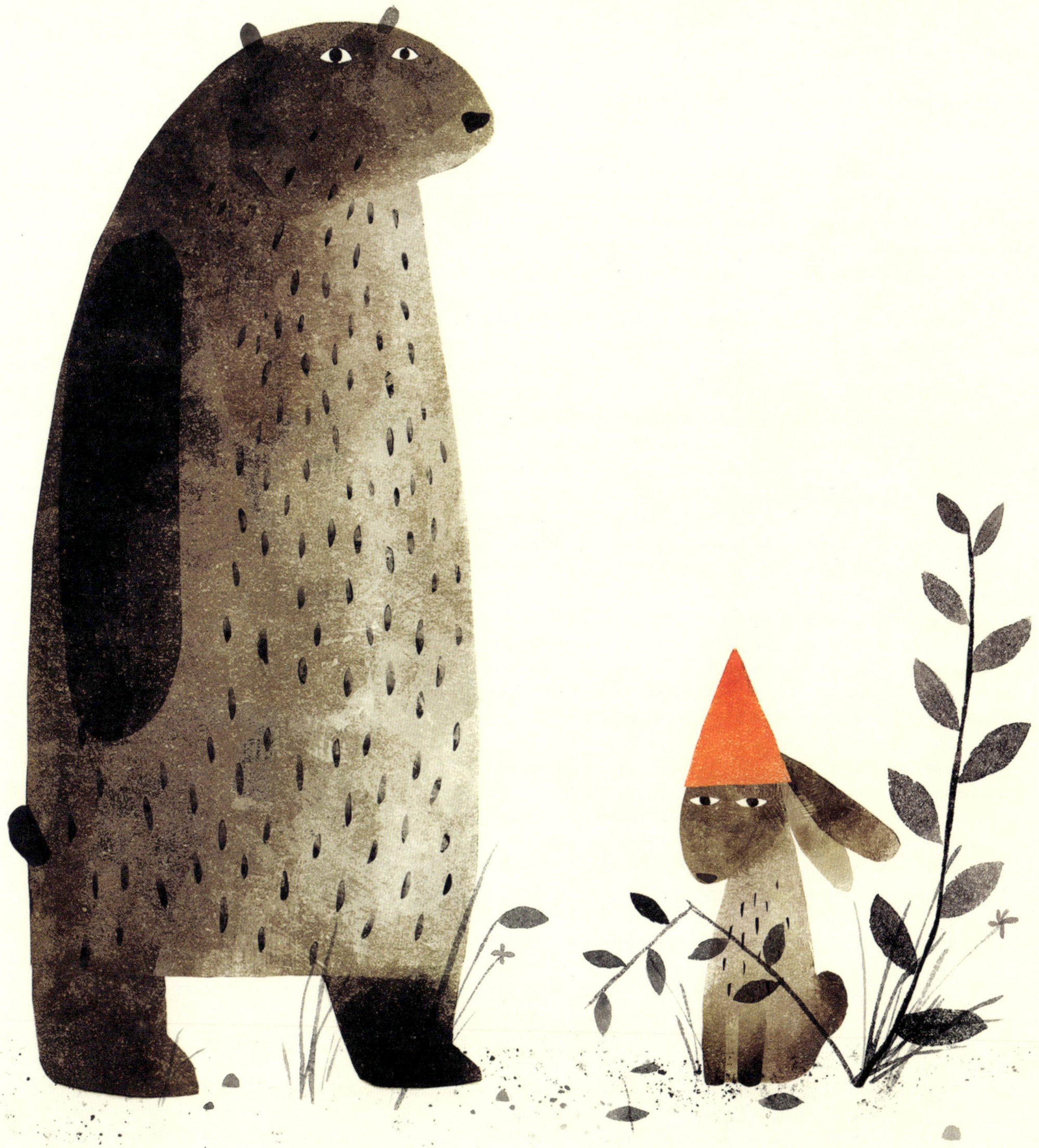

什么是生日,也并不太在意。这种做法让我感到兴奋。动物让我发笑,也帮我摆脱了困境。当我绘制这些动物时,我并没有创造一个角色;我只是暂时借用,将动物们放在这张卡片上,就像摄影师让某人摆好姿势拍照,以获得最佳效果。

我还喜欢一张贺卡上出现的那只熊。尽管他一动不动且没有表情,但他看起来似乎具有某种潜在威胁。毕竟,他是一只熊。我想,既然我已经打破了不绘制角色的戒律,也许我可以在一本书中用到这只熊。我想也许可以把他的帽子拿走,然后将这本书叫作《我要把我的帽子找回来》。

从确定这个想法到构思如何创作这本书,中间经历了一段时间。有很长一段时间,我以旁白的形式呈现这个故事,听起来是这样的:

一只熊弄丢了他的帽子。

"我的帽子在哪里?"他说。

我讨厌这种方式。我真的不知道我想让旁白做什么,它究竟在增加什么元素,而且我根本没有一个真正的故事。我不记得是什么原因促使我做出改变,但有一天晚上,我想到了用对话来替代整个过程,没有旁白,而是用颜色来标明谁在说话,这样我甚至都不需要提到任何人的名字。

通过在旁边的图画中进行对话的创意，揭示了其中一个可能在撒谎，这样我们就能向观众展示他们在说谎的情景。

在这之后，故事非常迅速且合情合理地展开了。

插画保持得相当简洁。我一直喜欢非常洁净的图画书，但在为别人的文本绘制插画时，我不敢画得过于简洁，担心会显得在偷懒。而为自己的书绘图时，这真的很有趣。

此外，当你剔除了许多元素后，你粗略勾勒的内容就会非常接近最终结果。

这本书采用了非常生硬的语言。这种生硬来自于我对创作一本书的紧张感，而我喜欢这个想法，即这些角色并不擅长说他们的台词，因此他们说出的话语显得很生硬。他们总是直视摄像机/观众，而不是像两个角色互相交谈时应该面向对方那样。

他们似乎对出现在一本书中感到困惑，就像我对创作一本书感到困惑一样。

制作这本书的过程最后也大略成为了后续两本书的创作过程：选择一个简单的（希望是视觉上的）问题——在这本书中，是一只想要找回帽子的熊——然后决定如何讲述这个问题——在这本书中是通过角色间的对话——并让第二个决定推动故事本身的发展。

在《我要把我的帽子找回来》完成之后，我想尝试用相同的角色和场景创作别的书。尽管这本书的氛围非常简约，但我还是很喜欢它。在我的家乡加拿大安大略省的公路沿线，当你向北行驶一小段距离后，就会看到这些连绵的矮树林。树木高度不超过六英尺，生长在高大的草丛和灌木丛中。我总是想象这些动物生活在那样的地方，从植物中探出脑袋；我喜欢在那里闲逛，思考动物们的生活。

我想也许可以创作一本关于那只鹿的书。他是第一本书中唯一对熊的问题真正感兴趣的角色，而且他给我留下了一种惹人同情的印象，有些驼背，又瘦又弱。

我尝试写了几个关于他的故事版本。第一个故事是关于鹿说他喜欢在晚上独处（实际上他并不喜欢），并到处去叫醒其他动物，看看他们是否也有同样的感觉。在这本书中，我喜欢的唯一想法是他去叫醒乌龟，但乌龟已经睡着了，在梦中描述了一个飘浮在星空中的梦境。这个情节与故事本身并不搭，但这是一个很好的小插曲。

第二个故事讲述了鹿试图用他找到的一根棍子换取动物们现在已经拥有的其他物品。最后，《我要把我的帽子找回来》中的鼹鼠角色出现了，向他展示了如何点燃棍子，但结果并不好。

在写了这样几个关于鹿的故事后，我开始意识到我只是在复制第一本书的样式，而且并没有那么自然。烛芯出版社的艺术总监知道我对如此炮制的故事并不满意，便建议我"去别的地方"，彻底改换场景和角色。因此，我想做一个在黑暗背景上有浅色角色的故事，于是想到在水下深处，这可能是关于鱼的故事。

第一个鱼的故事实际上完全与帽子无关。它叫作《十条坏鱼》，有点西部片的味道，讲述了一帮坏鱼骑马进城，不断恐吓别的鱼，被恐吓的鱼越来越大，直到他们惊醒了一条特别大的鱼，然后转身就逃。但现在大鱼从后面追赶并逐一吞食他们，直到只剩下一

条鱼。书的结尾并未揭示最后一条鱼是否被吃掉。这是一本相当暗黑的书,而且没有任何值得救赎的角色。你不会喜欢那个坏鱼帮,也不会喜欢那条大鱼,所以没有角色能引起同情。

我的编辑问我是否可以让这个故事变得更加轻松、积极一些,我意识到我最喜欢的部分是故事结尾,当帮派成员中的一条小鱼离开时,他身后的某个地方有一条大鱼,不知道这条大鱼是否会放过他。

《这不是我的帽子》的结构来自两个非常著名的关于负罪感的故事。

第一个是埃德加·爱伦·坡的短篇小说《泄密的心》。我最喜欢的他的故事是那些不可靠叙述者的故事;他总是知道如何让你回想起身陷困境但试图让自己摆脱内疚的感觉。一个角色向你讲述他是如何以及为什么犯下罪行的,而你觉得这段时间里,你一直在带他走向绞刑架,这个创意对一本图画书来说非常合适,因为你可以在画面中展示那个行走(或在这个故事中是游泳)的过程,并与他在文本中所说的话形成对比。

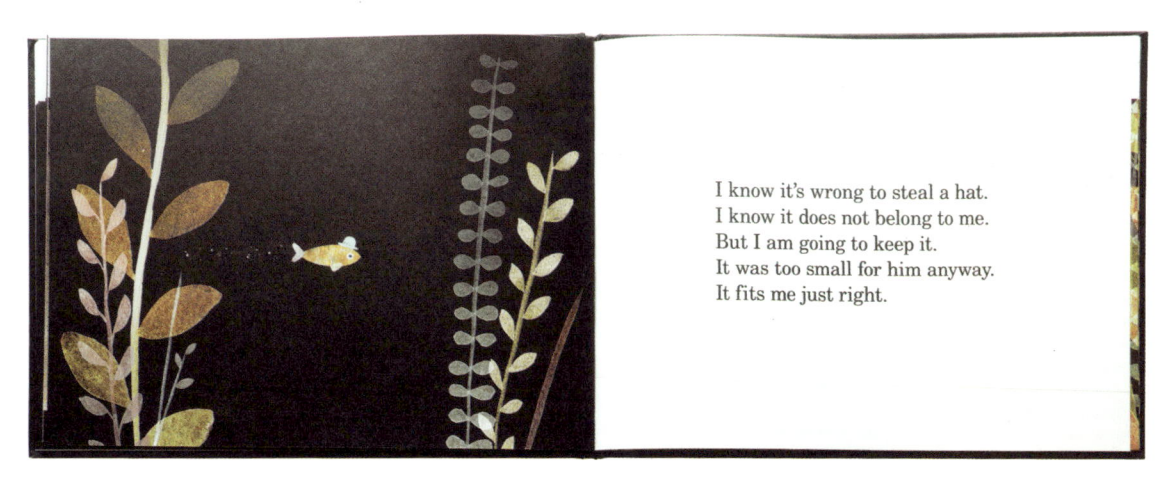

And even if he does notice that it's gone, he probably won't know it was me who took it.

I know it's wrong to steal a hat.
I know it does not belong to me.
But I am going to keep it.
It was too small for him anyway.
It fits me just right.

82　图画书创作谈

Nobody will ever find me.

另一个颇受启发的故事是阿尔弗雷德·希区柯克的电影《惊魂记》。影片的前半部分基本上是女主人公负罪逃跑，并在逃跑过程中被小事羁绊。尽管她并没有直接因为她的所作所为而遭遇灭顶之灾，但这确实使观众更容易接受她在逃亡，而非仅仅是一个需要住处的无辜女士。小鱼得到的惩罚与他的罪行相比是过重的，但他确实是自找的。

《惊魂记》的另一个片段是影片中主角被杀后的诡异沉默。尽管人们继续交谈，电影继续进行，但现在她走了，有一种奇怪的空虚感。以独白方式展开的想法来自爱伦·坡的那篇小说，但在书中收尾前那三幅跨页独白的想法则来自《惊魂记》。

《我要把我的帽子找回来》和《这不是我的帽子》大约相隔一年才完成。当烛芯出版社买下《我要把我的帽子找回来》时，他们给了我一份三本书的合同。我不确定是因为合同还是"三部曲"这个更普遍的想法，但出于某种原因，我一直想就这个主题（现在有了一个主题）写第三本书。

这第三本书变得更难确定了。第二本书的完成在很大程度上是对第一本书的呼应。它的尺寸与第一本相同，是深色背景上的浅色图形，而不是浅色背景上的深色图形，是关于一个小偷的故事，而不是关于某人被抢劫的故事，而且是用独白而不是对话。由于它们在所有这些方面都是对立的，我在很长一段时间里都搞不清楚第三本书应该做什么。

我想到第三本书可以做的一件事是，结局是没有人最终得到那顶帽子。由于之前的两本书都确定了偷帽子会被杀，我想一个自然的结论可能是某种末日大决战，每个人都在追寻帽子的过程中被杀，没有人得到它。

我尝试过最多版本的故事实际上就叫作《我们发现了一顶帽子》。书名背后的想法是，这本书将被写成一个团体的齐声发言。他们的话语似乎很坚定，但你会在画面和角色的态度中看出破绽。这个故事里有很多变化，但大多数都包括两三个角色站在他们于雪地里发现的一顶帽子周围。他们依次试戴，得出的结论是他们每一个都喜欢并想要这顶帽子。经过快速讨论，他们发现唯一公平的做法是离开帽子、继续前进，因为他们不可能每个都有一顶帽子。但在这之后，他们迅速坐下来，只是看看这顶帽子，因为担心如果他们中的任何一个先离开，留下来的那个就会拿走它。

最后，天开始下雪，帽子被埋了，结果这几个不动的动物也被埋了。书的结尾只有一页白色，每个动物都在雪下。我喜欢这个背景，也喜欢在空白处结束的想法，但这并不奏效。故事结束时每个角色都死掉显得很说教且冷酷。我花了很长时间，打了很多草稿，却无法达到想要的效果，最终我完全放弃了这个版本的故事。

在尝试了许多不同的故事和场景之后，我重新回到了这个标题，但尝试了一个新的故事版本，故事中的角色真正地喜欢对方。这个版本的开头几乎完全相同，只是两只乌龟没有坐着对峙，而是真的离开了那顶帽子。

书的第二部分描述了他们一起看日落的情景，其中一只乌龟仍然念念不忘那顶帽子。书的第三部分发生在晚上，被诱惑的乌龟几乎趁另一只乌龟睡觉时偷走了帽子……

然而，在一个非常奇怪的巧合中，五年前那个夜行鹿草稿中乌龟梦的想法挽救了局面，让这两只乌龟一起飘向了星空。

这第三本书的创作，至少是写作的部分，是这个系列中最奇特且曲折的，但这一过程教会了我很多。只要你允许，一个想法可以在过程中发生改变。在这本书之前，如果一个想法不成功，我认为我没有什么办法挽救它，我会放弃它，尝试完全不同的东西。然而，这本书至少部分地是从一些起初看似无关的旧想法中抢救出来的。看到这样写出来的书和我之前尝试过的其他方法写出来的书一样令人满意，我感到非常欣慰。

正因为如此，我认为这最后一本是这个系列中我最喜欢的，尽管这可能只是因为完成它真是一种解脱。

I WANT MY HAT BACK. Copyright © 2011 by Jon Klassen. THIS IS NOT MY HAT. Copyright © 2012 by Jon Klassen. WE FOUND A HAT. Copyright © 2016 by Jon Klassen. Reproduced by permission of Walker Books Ltd, London SE11 5HJ. www.walker.co.uk. For a list of the different language editions, see Jon's post on picturebookmakers.com.

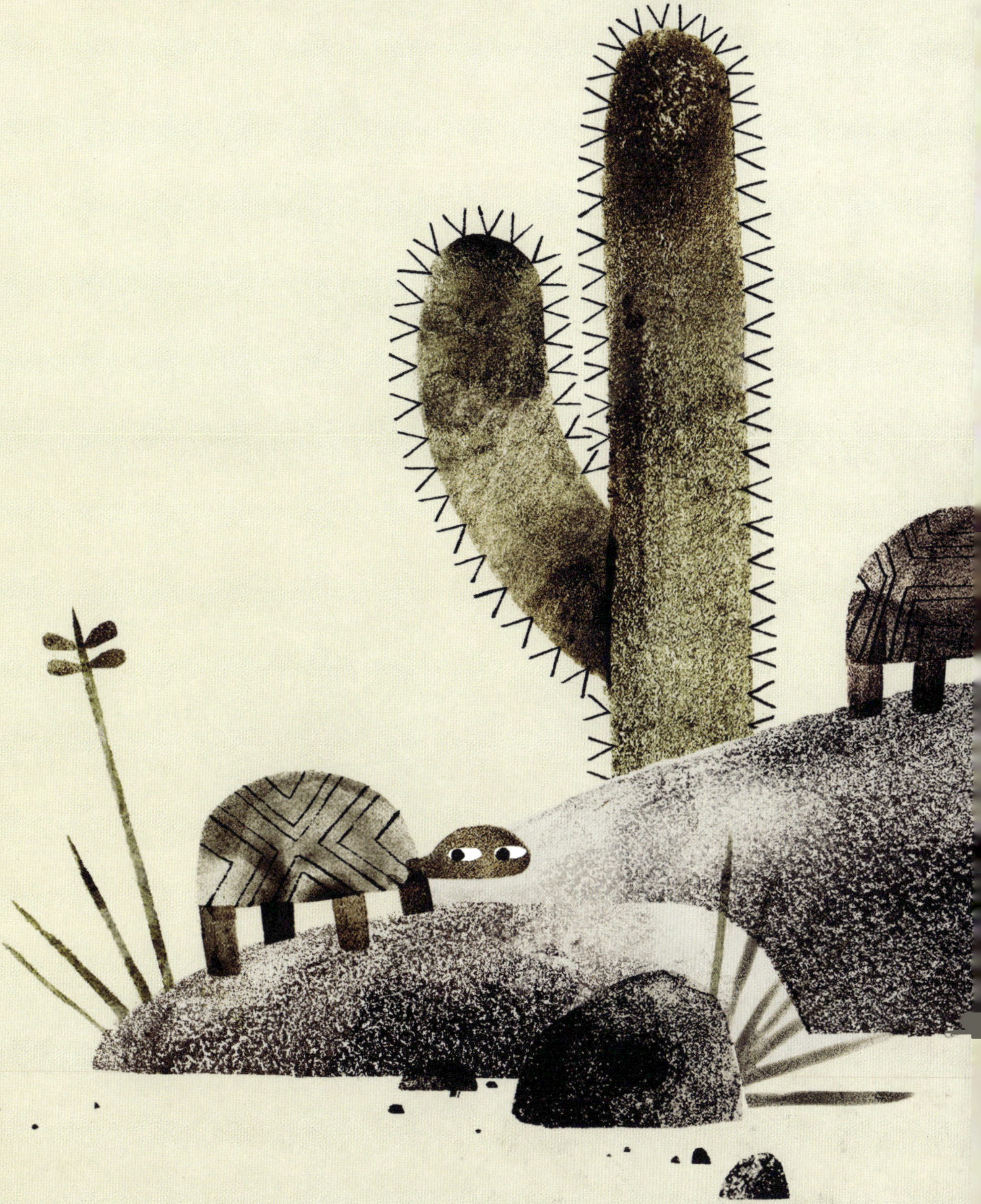

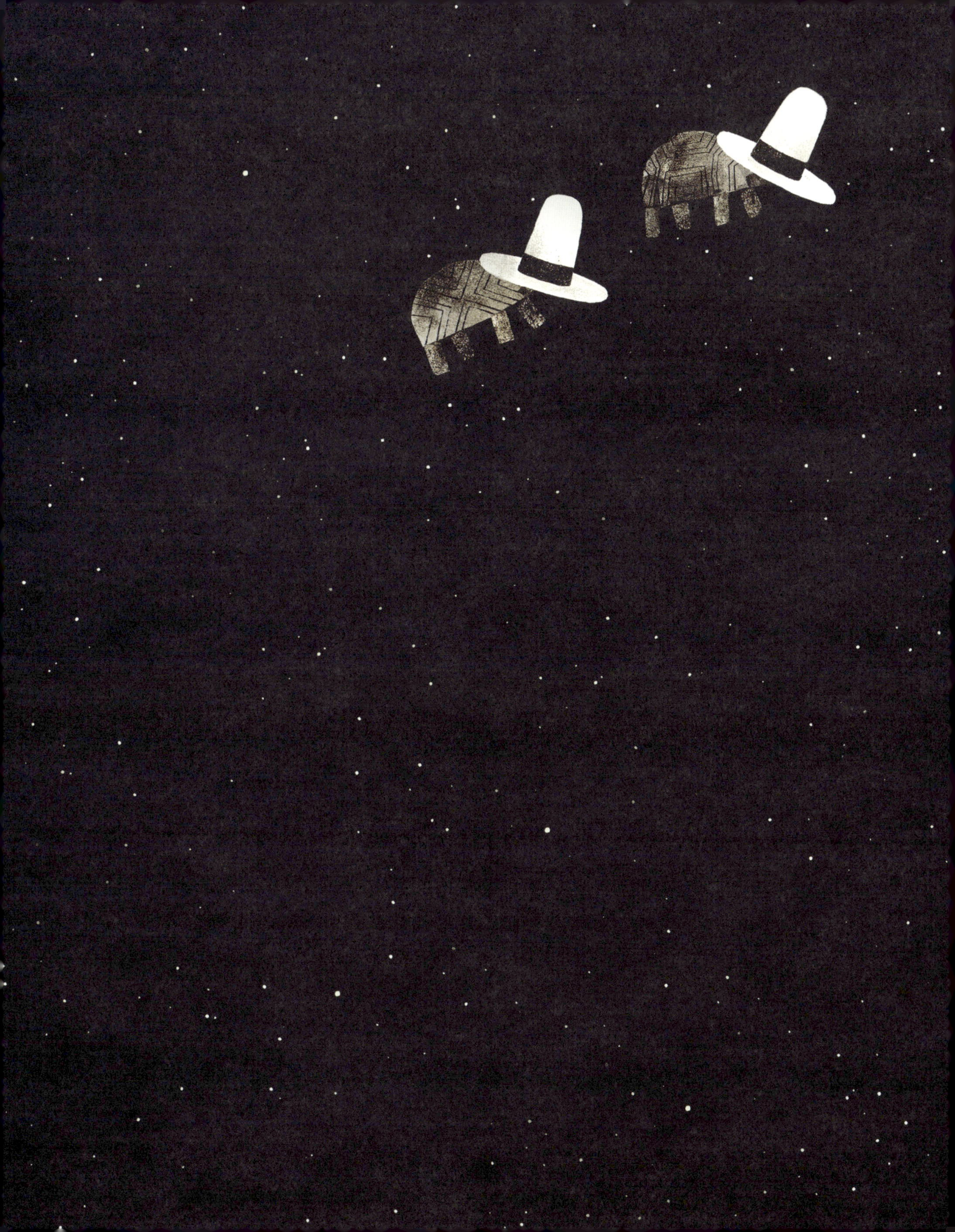

苏西·李（Suzy Lee）
韩国

苏西·李毕业于韩国首尔国立大学，获得艺术学士学位，之后前往伦敦坎伯韦尔艺术学院攻读书籍艺术专业硕士学位。从那时起，她创作了一系列获奖图画书，并在世界各地出版。2022年，苏西获得了国际安徒生奖。

在本章中，苏西介绍了她创作《影子》（Shadow）的过程，这是她大获成功的"边界三部曲"中的第三本。这本独具匠心的图画书颂扬了想象的力量，曾获得《纽约时报》年度十佳插画童书的殊荣。

苏西：我热爱关于"书"的一切。我喜欢书中精彩的故事，也喜欢书作为一种实物。在我过去创作的一些书籍中，书的物理元素成为了故事本身的一部分。

《镜子》（意大利科拉迪尼出版社，2003年）的形状呈垂直状，就像典型的全身镜，它是向侧面翻开的。

《海浪》（美国编年史出版社，2008年）的形状呈水平状，宛如辽阔的大海，同样也是向侧面翻开的。

这两本书的大小尺寸相同，它们基于同一个构思：书的跨页之间的中缝装订线作为幻想与现实之间的边界，既有物理意义，又有隐喻意义。我想再创作一本书来完成后来的"边界三部曲"。

那么，还剩下什么形式呢？

"如果第三部曲的形状和《海浪》一样是水平的，但书的翻开方向不同，会怎样？"我想。

有时候，创作一本书的动机可能源于书的结构形式条件，而非仅仅源自文学主题。

我又问了自己一些问题："如果我制作一本从下向上翻开的书呢？如果我创造一个顶部世界和一个底部世界，它们被幻想和现实的边界分隔开呢？如果一个孩子在她自己的世界里玩耍，而她在想象中创造出来的东西在另一个世界里活灵活现，会怎样？"所有这些"如果"的想法相互关联，我意识到三部曲的最后一本书的主题是什么：影子。

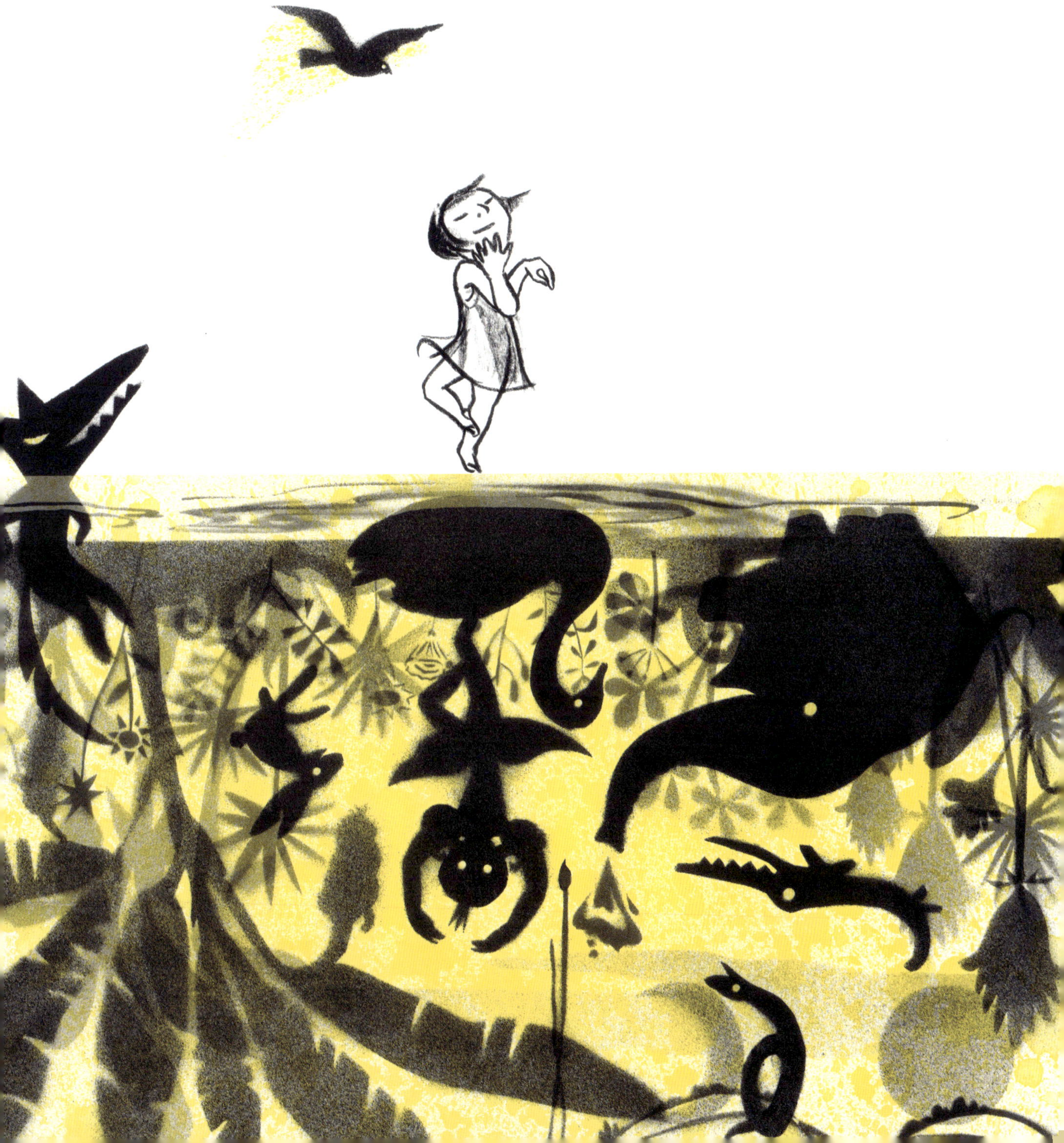

影子是一个颇具吸引力的主题。它呈黑色、平面且神秘。虽然影子没有面孔，但我们知道它是我们投射出的自我。我立刻开始做笔记并画缩略草图。[参见93页]

以下是我速写本上一些笔记的翻译："纳西索斯的神话/'晚餐准备好了！'妈妈喊道。孩子走出了房间。但如果孩子的影子跟不上怎么办？如果影子从一开始就是另一种存在呢？／温迪把影子缝在彼得·潘的脚上／乔治·德·基里科的《街道的神秘与忧郁》。"

在黑暗的棚屋里，随着灯泡拉亮的咔嗒声，一个女孩的想象力也被点亮。她创造了许多影子，并与它们一起玩耍……我开始绘制这些图像。在《镜子》和《海浪》中，我使用了炭笔，因此我决定在这本书中也选用炭笔。炭笔能够同时展现两个特点：线条清晰有力的线性效果和通过手指制造模糊效果而产生的动态立体感。

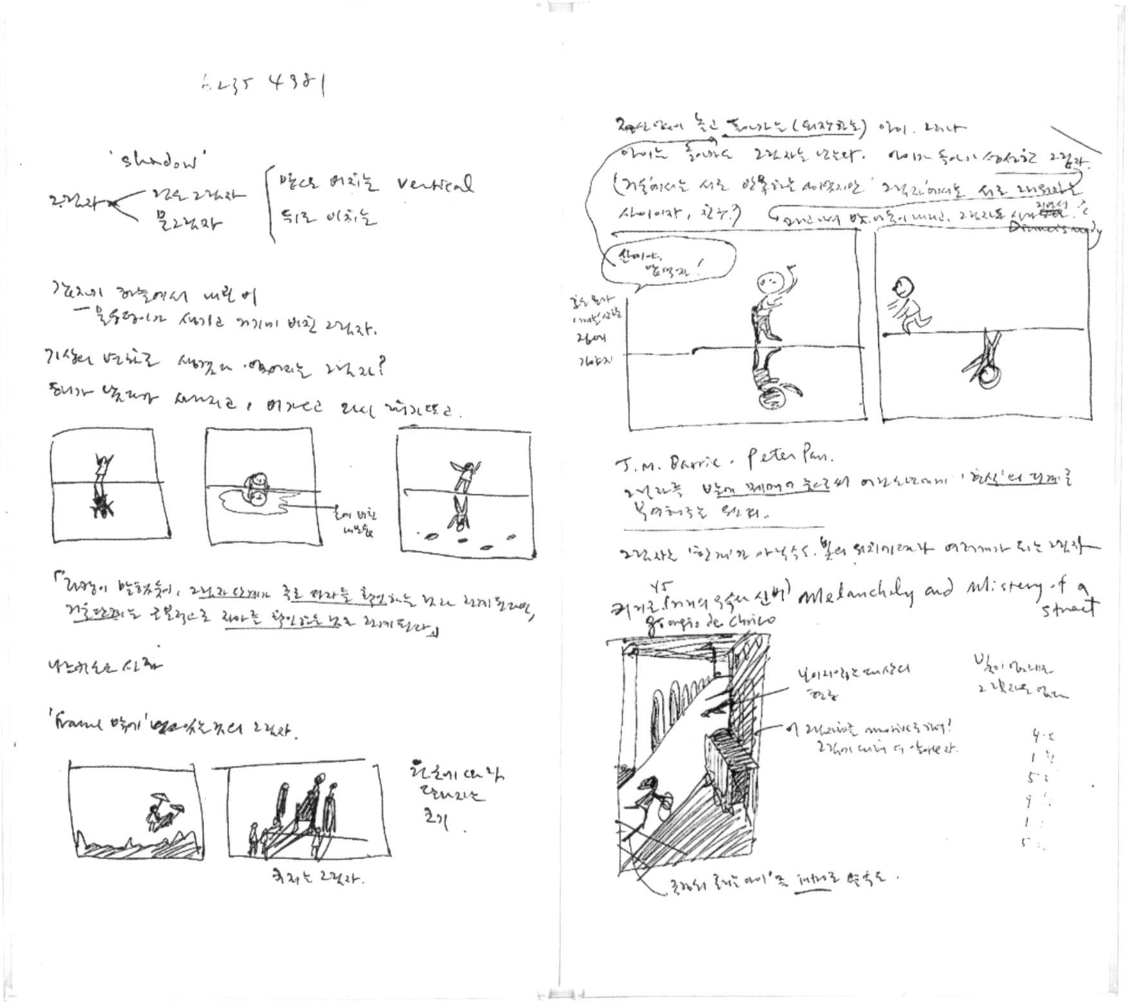

'shadow'
vertical
J.M. Barrie · Peter Pan.
Melancholy and Mistery of a street
Giorgio de Chirico

那么如何制作影子呢？如何制作恰到好处的有质感的影子，以配合女孩粗犷的炭笔线条？

影子描摹了物体的轮廓，我觉得用手绘画无法表现出其独特的线条。我必须想出另一种方式来呈现影子，同时保持它的平面特性。模板图案看似是一个很好的解决方案。我从模板蜡纸上剪下所有角色。在逐个剪下影子的轮廓后，我的手又伸向了另一个工具。

我玩了一下喷漆。喷漆是一种灵活的媒材。当喷在已经固定好的纸上时，喷漆提供了清晰的轮廓；在喷漆过程中稍稍抬起纸张，影子的运动和透视就变得非常明显。

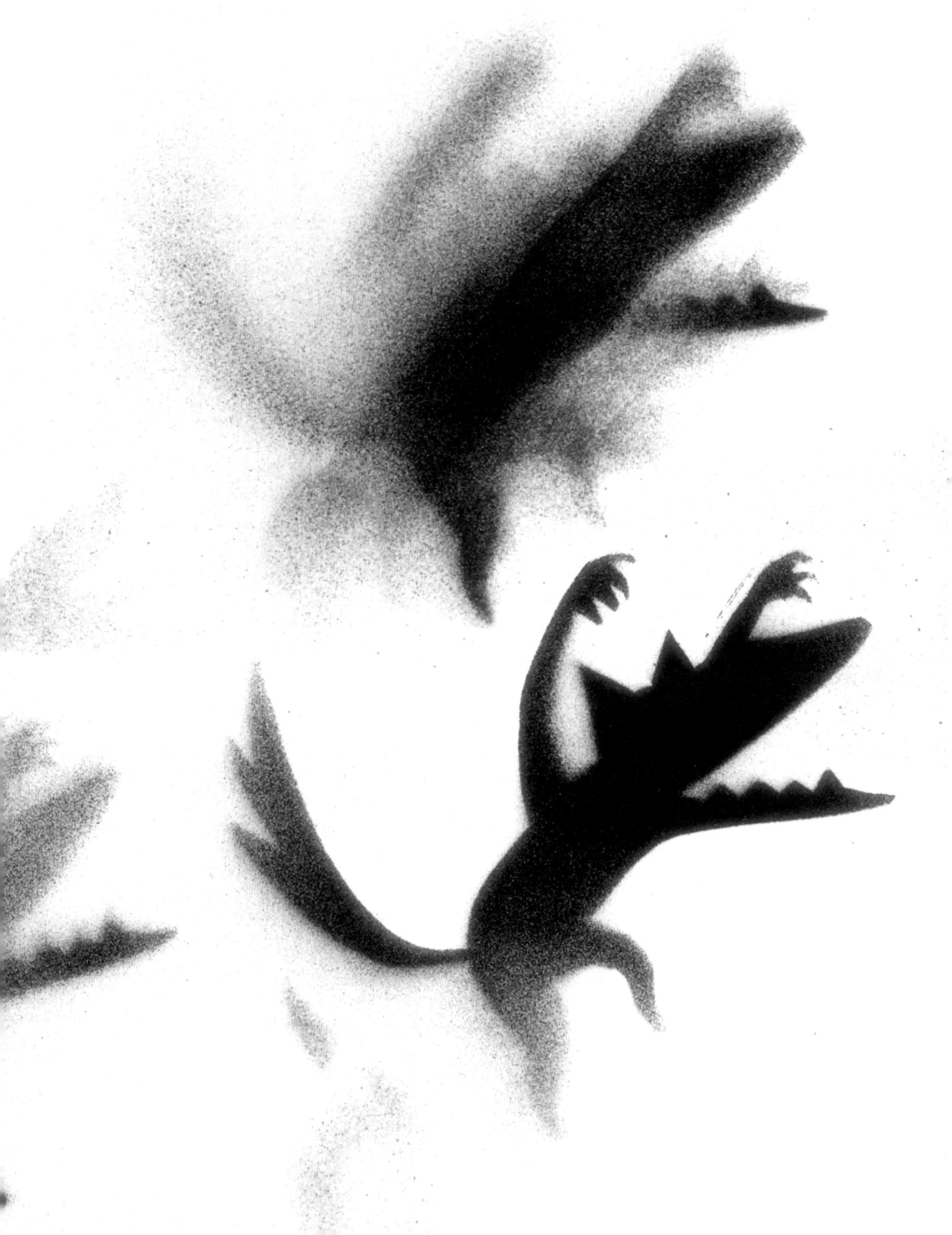

接下来，我将所有的绘画和影子一起进行了数字化处理。然后我添加了颜色。我选择了黄色，因为它能使黑色显得更加美丽和鲜明。黄色展现了幻想的领域。

回到故事中来。女孩与她创造出的影子们玩得很开心。但淘气的狼袭击了她，于是她逃到了影子的底部世界。随后，在朋友们的帮助下，她吓到了狼，狼哭了起来。但事实上，狼也是女孩自己。每个人都轻松自如地敞开了心扉。

黄色，原本仅存在于影子世界，也逐渐跨越了边界。

《影子》出版后，我听到读者们有各种不同的阅读方式，感觉非常棒。

有人说，你需要把书放在膝上阅读。如果将它摆成90度，影子看起来更为逼真，就像投射在地板上一样。

有人说，你必须两页一起看，才能同时看到现实和想象中的世界。

有人说，你需要不断地翻转书本。通过旋转这本书，你甚至可以选择你想先看的那部分故事。所有这些阅读方式都是完全可能的，因为它是一本"书"。

我收到的最有趣的反馈来自一个上幼儿园的女孩。她最喜欢的是那幅全黑的跨页。为什么？因为当她随意翻开书页时，她看到另一个影子穿过黑页，因为光在它的后面。她能够在眨眼之间捕捉到另一个影子。太神奇了！

读者们总是告诉我他们自己的阅读方式。我相信这正是无字图画书的魅力所在。

SHADOW. Copyright © 2010 by Suzy Lee. Reproduced by permission of the publisher, Chronicle Books, San Francisco, USA. For a list of the different language editions, see Suzy's post on picturebookmakers.com.

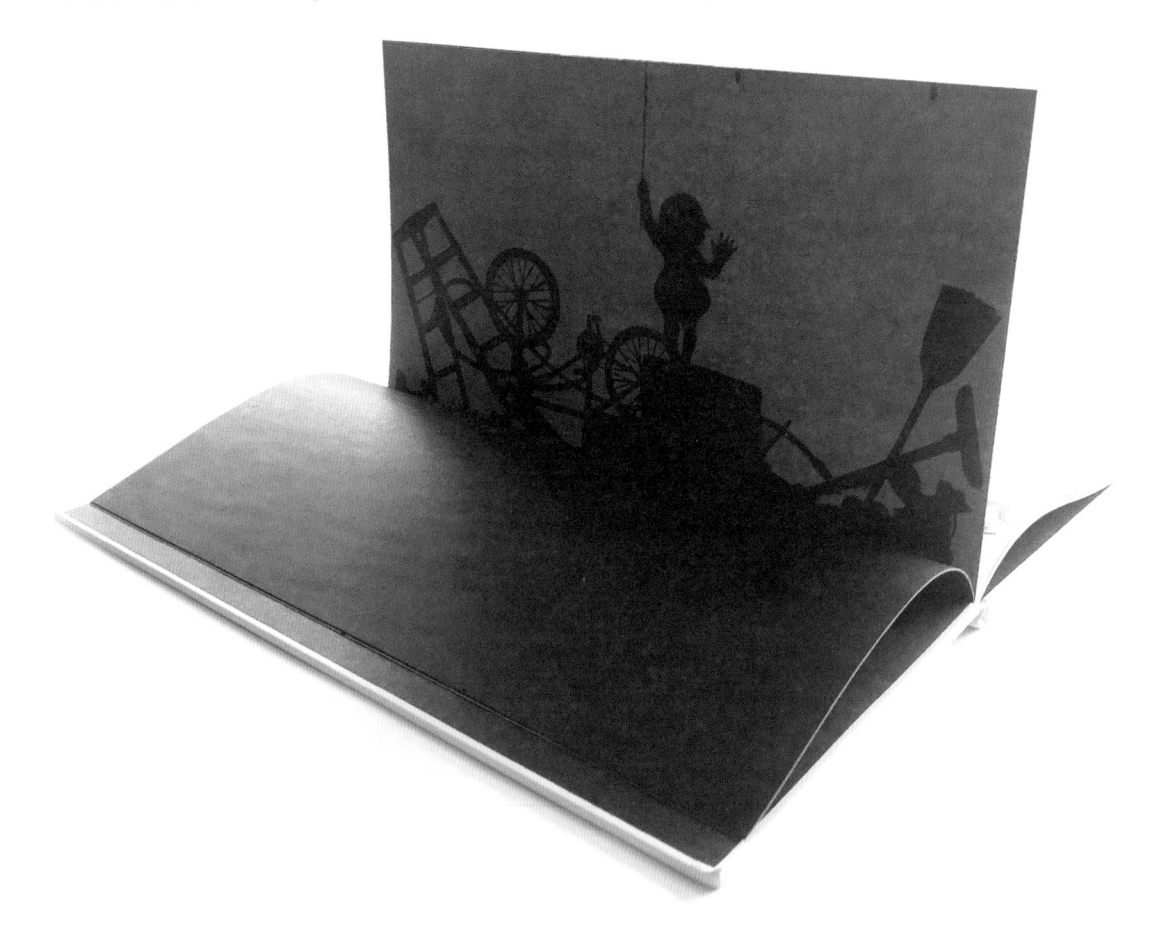

98　图画书创作谈

苏西·李（Suzy Lee）

贝尔纳多·P.卡瓦略
（Bernardo P. Carvalho）

葡萄牙

贝尔纳多·P.卡瓦略毕业于葡萄牙里斯本艺术学院，是极具创新精神的橘子星球出版社的共同创始人。他的作品获得了许多奖项，包括韩国CJ图画书奖、葡萄牙国家插画奖、博洛尼亚最佳童书奖（一次新人奖、一次非虚构类作品奖与一次非虚构类作品奖特别提名）等。

在本章中，贝尔纳多谈到《萤火虫寻光记 / 奔跑吧，兔子！》（Olhe, por favor, não viu uma luzinha a piscar? / Corre, coelhinho, corre!）的创作过程，这是一本设计很巧妙的图画书，可以正着读，也可以倒着读。

贝尔纳多：这本书的故事开始于很久以前。那时，我们在橘子星球出版社开始尝试在同一本书中讲述平行的故事和同时发生的不同事件。作为出版商兼插画家，我们具有很大的优势，可以抓住机会，按照自己的意愿来做书，做任何我们想要的主题，而不仅仅是按照别人的要求工作。

这给我们带来了新的渴望，要以不同方式探索和打磨书籍，从左至右，从右至左，同时以两种方式讲述故事。任何创意都是可以尝试的，而不仅仅局限于在书页上折叠、打孔或制作成立体书，因为那样太过投机取巧（且成本高昂）。

谈到《萤火虫寻光记 / 奔跑吧，兔子！》，不得不提另外两本书：《一秒内的世界》（2006年），在这本书中，我们将世界冻结了一秒钟，观察了那一刻世界各地发生的许多事情；而《两条路》（2009年）是一本有两个平行故事的书，与《萤火虫寻光记 / 奔跑吧，兔子！》有些相似，两个故事往相反的方向发展，但在《两条路》中，文字和插画是重叠并倒置的。

在这个意义上，《萤火虫寻光记 / 奔跑吧，兔子！》是对讲述同时发生的事件这一理念的一种延伸。正如在这个例子中，两个不同的故事共享同一个舞台，或者一个故事触发了另一个故事，或者故事在一个无尽的循环中相互嵌套。

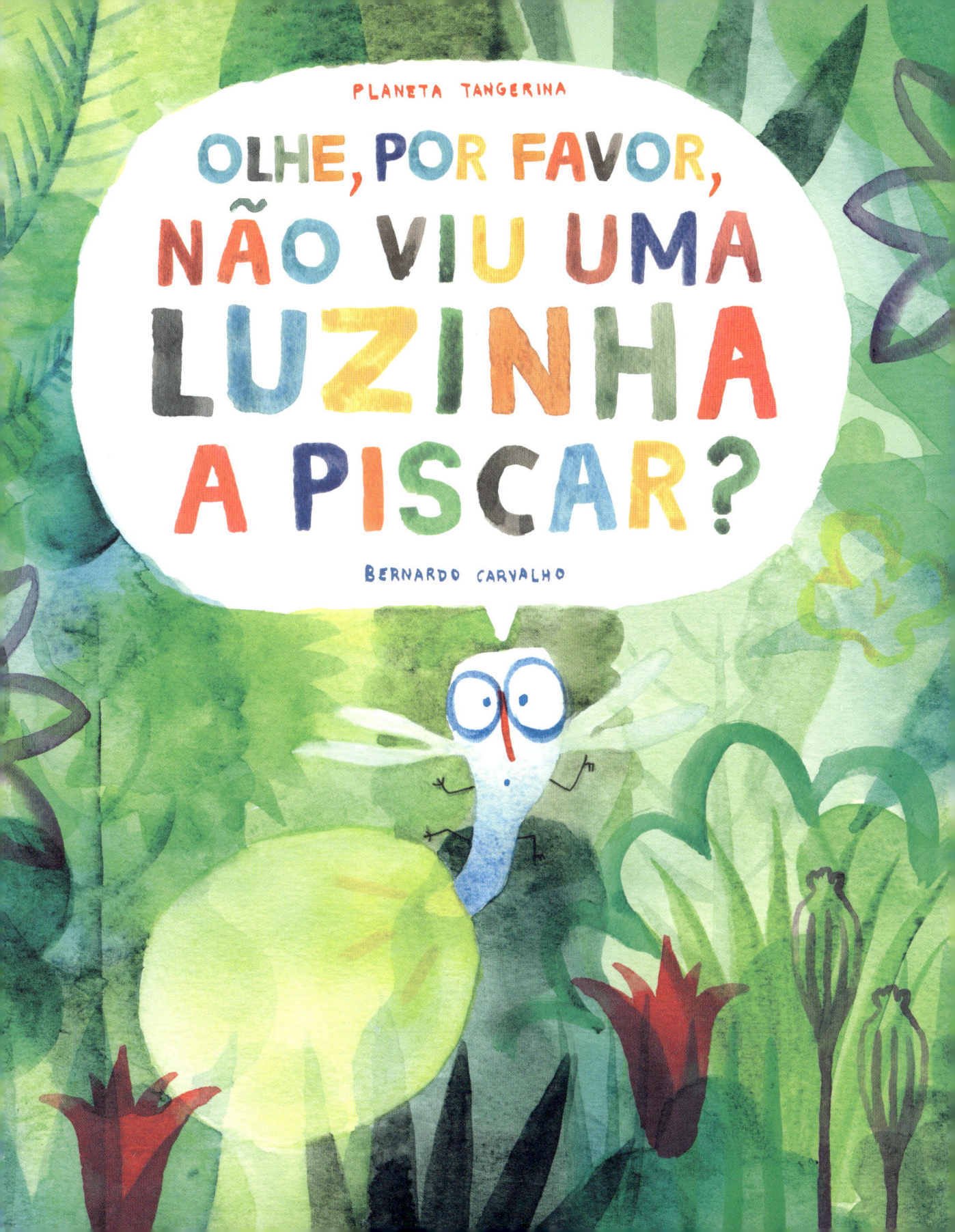

PLANETA TANGERINA

OLHE, POR FAVOR, NÃO VIU UMA LUZINHA A PISCAR?

BERNARDO CARVALHO

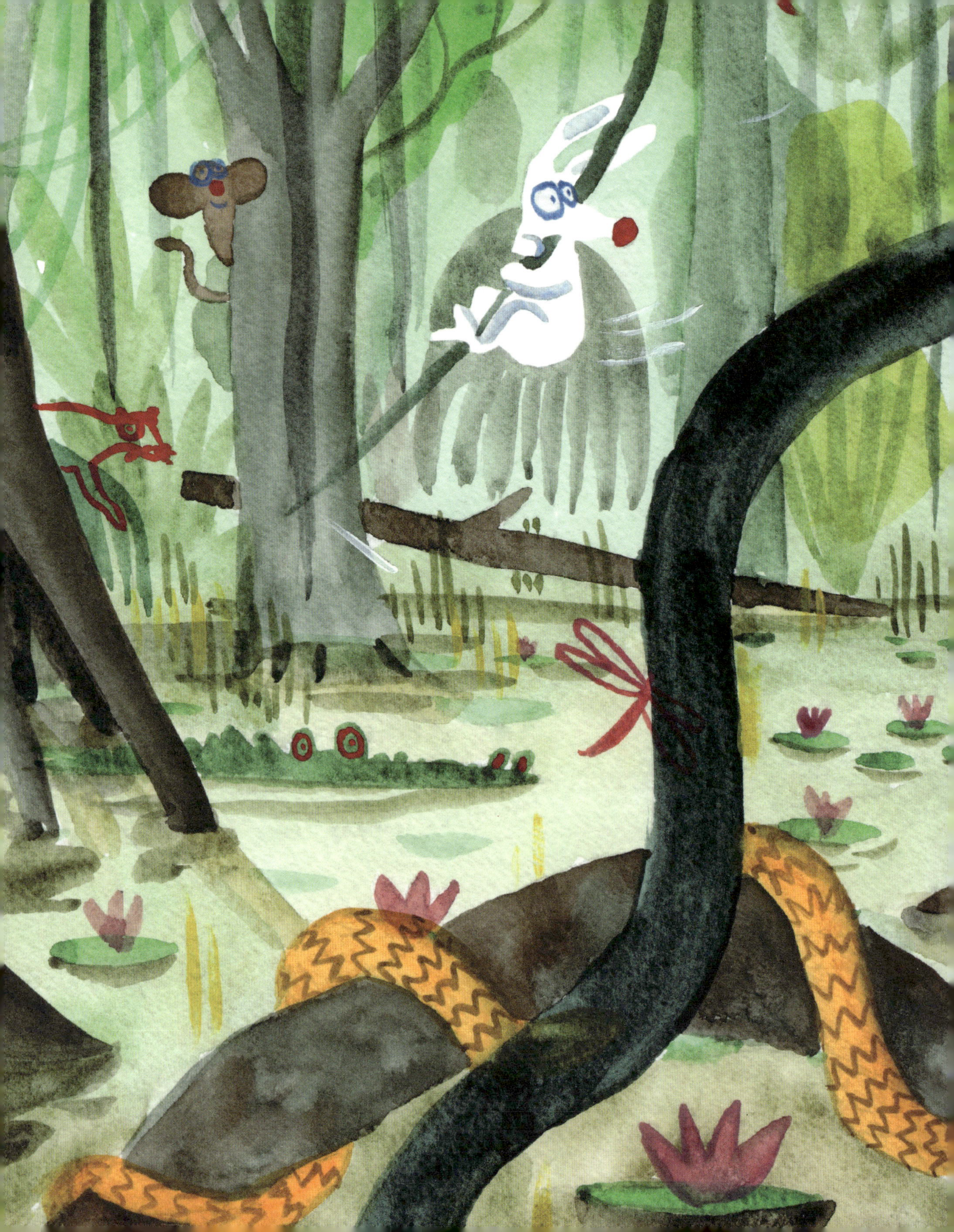

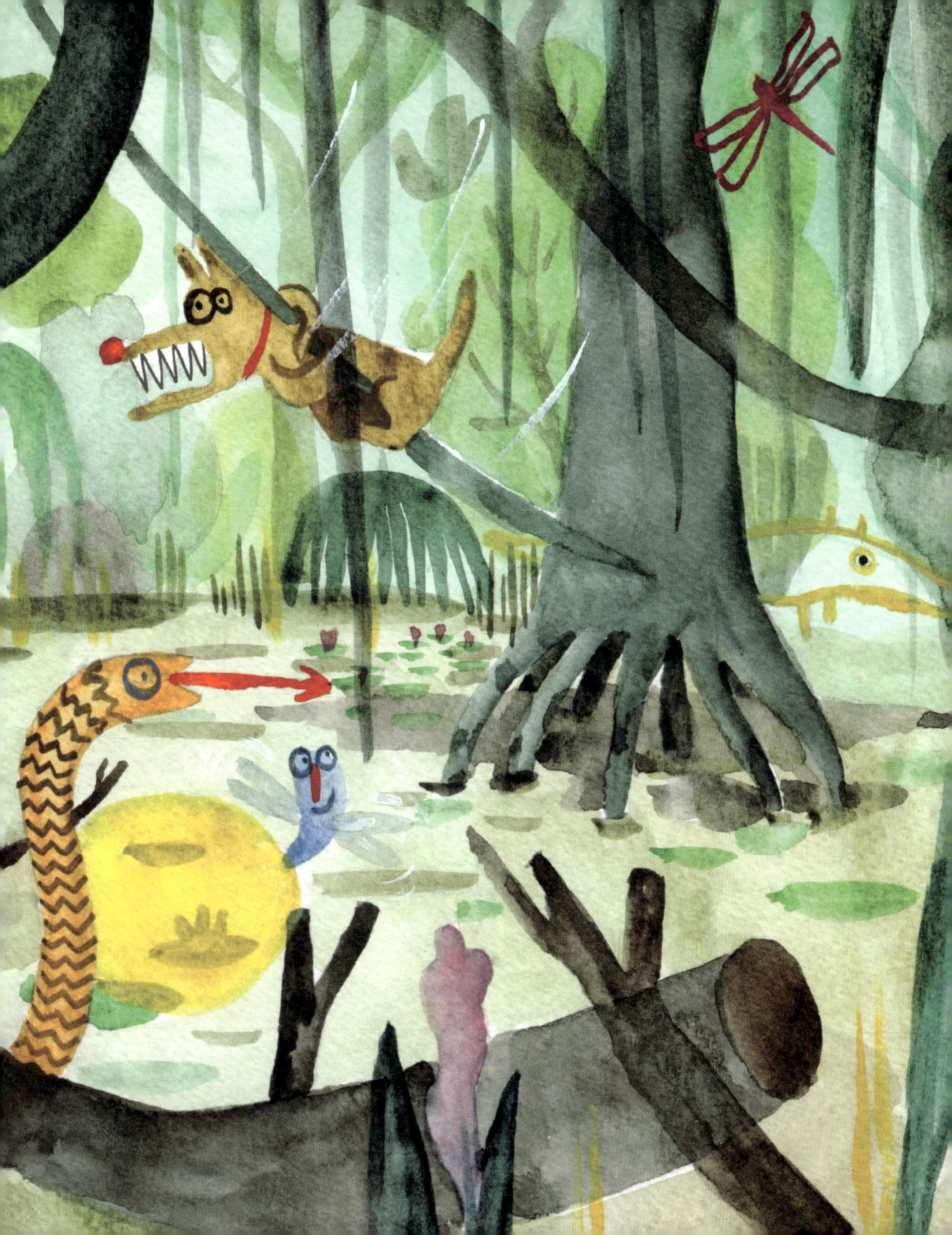

当一个故事结束时，另一个故事随之开始——它之所以开始，是因为前一个故事已经结束。搞糊涂了？这么说起来是有些糊涂，但事实并非如此。最关键的是让读者在专注于一个故事的同时，不会有意识地察觉到另一个故事，或者至少要确保另一个故事不会干扰到第一个故事，反之亦然。一如既往，我对这个想法琢磨了很久，在我的速写本、零散的纸张和咖啡纸巾上画了许多小故事序列，随后这些小画散失于各处……

贝尔纳多·P.卡瓦略（Bernardo P. Carvalho）

VIU UMA LUZINHA A PISCAR?

VISTE UMA LUZINHA A PISCAR?

FUGITIV

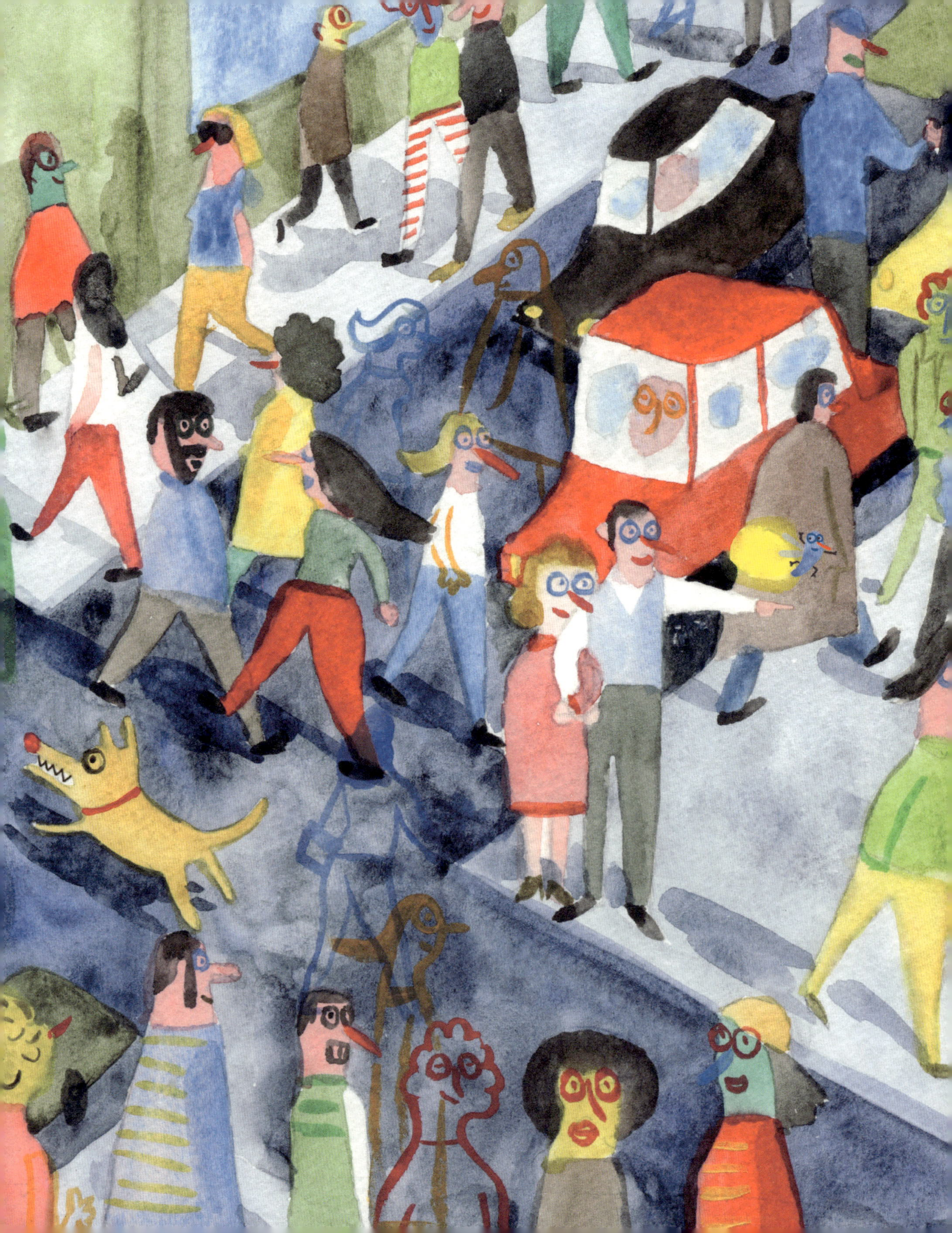

由于我缺乏自律，或者只是因为我喜欢做实验，或者出于其他原因，我很少在连续的两本书中使用相同的技术，这本书也不例外。这就是为什么我决定用水彩来绘制这本书，尽管我之前从未用水彩画过插画。

我并不擅长需要高度耐心和精确度的技巧。在绘画过程中，我通常会保持克制，避免画面过于复杂和混乱。

然而，在这本书中，我意识到这种技巧实际上可以派上用场，能在某种程度上掩盖背后的另一个故事。

如果使用更朴素的色彩和更少的细节，就很难与另一个故事保持距离。换言之，要使这本书奏效，非常重要的一点是，这两个故事需要完全可读且相互独立，尽管它们共享同一组页面和环境。

对于两个故事共享同一页面和环境的情况，挑战更多地体现在如何组织和在框架内展示图像，而不仅仅是绘制插画过程本身。

这本书的两个叙事是相反方向的旅程：一个从森林通往城市，另一个从城市通往森林。

《萤火虫寻光记》

第一个故事始于森林中围着篝火的烧烤，我们跟随一只因为没有闪烁的光相伴而感到悲伤的萤火虫。于是，他独自踏上了漫长的旅程，在途中用萤火虫独有的礼貌询问遇到的其他动物，是否"看到了一个小小的闪烁的光"。

萤火虫得到的所有线索都指向大城市，最终他在那里遇到并爱上了一盏会闪烁的灯：一个交通信号灯。

《奔跑吧，兔子！》

萤火虫与交通信号灯（现在完全陶醉在激情与闪烁灯光中）之间的爱恋在十字路口引发了一场严重的交通事故，涉及多辆车。其中一辆是异国动物猎人的皮卡。事故导致一只小白兔的笼子被打开，小白兔趁机逃跑。猎人的看门狗警觉地发现了这一情况，于是展开了一场史诗般的追逐，将他们从城市带到了森林。在森林里，小兔子在他的大猩猩朋友的背上找到了庇护所，而此时，狗反而发现自己孤独又迷失，远离故乡，不知道回家的路。

幸运的是，我们的兔子非常酷，邀请狗和其他朋友一起来烧烤——其中一个朋友是那只因为没有闪烁的光相伴而感到悲伤的萤火虫。

OLHE, POR FAVOR, NÃO VIU UMA LUZINHA A PISCAR? / CORRE, COELHINHO, CORRE! Copyright © 2013 by Bernardo P. Carvalho and Planeta Tangerina. For a list of the different language editions, see Bernardo's post on picturebookmakers.com.

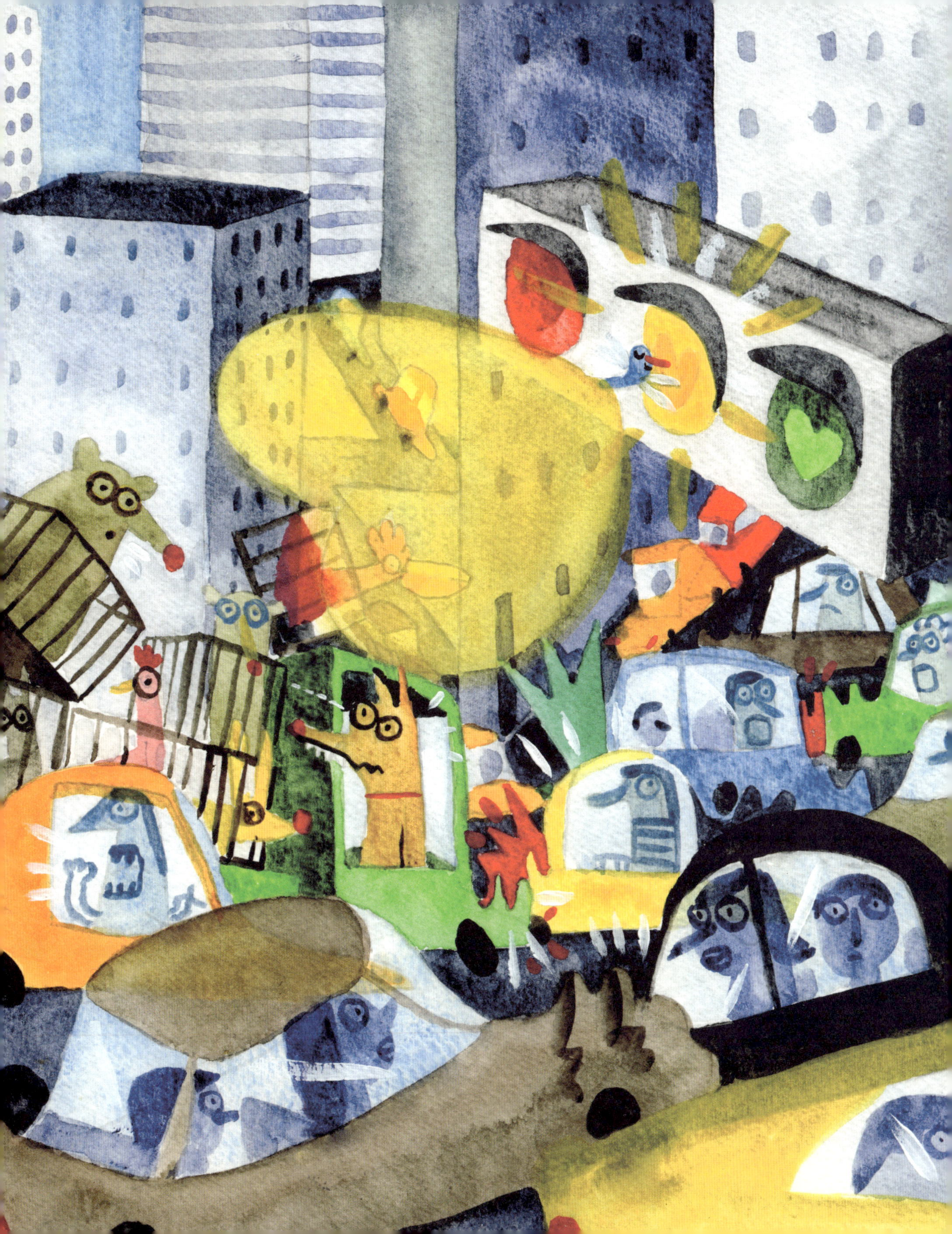

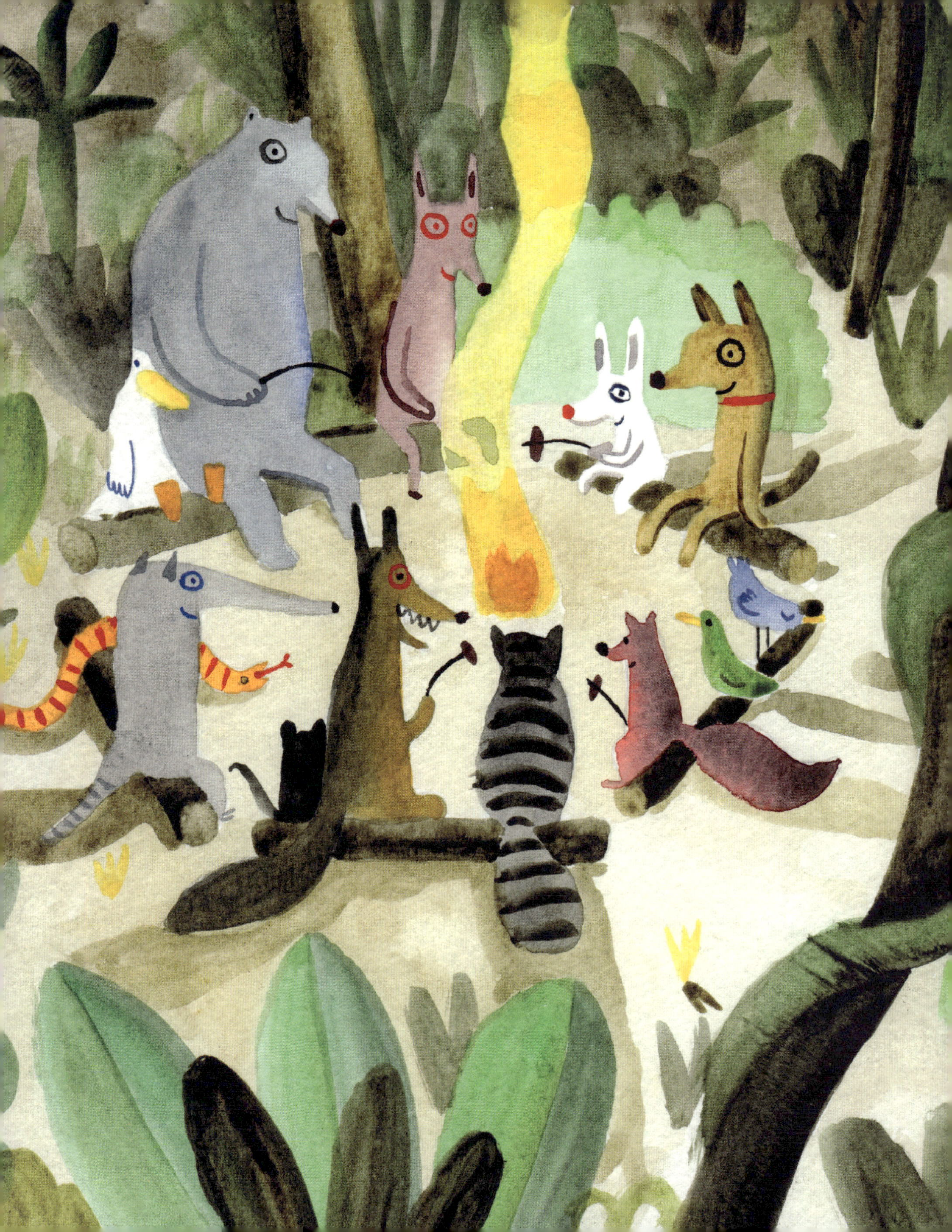

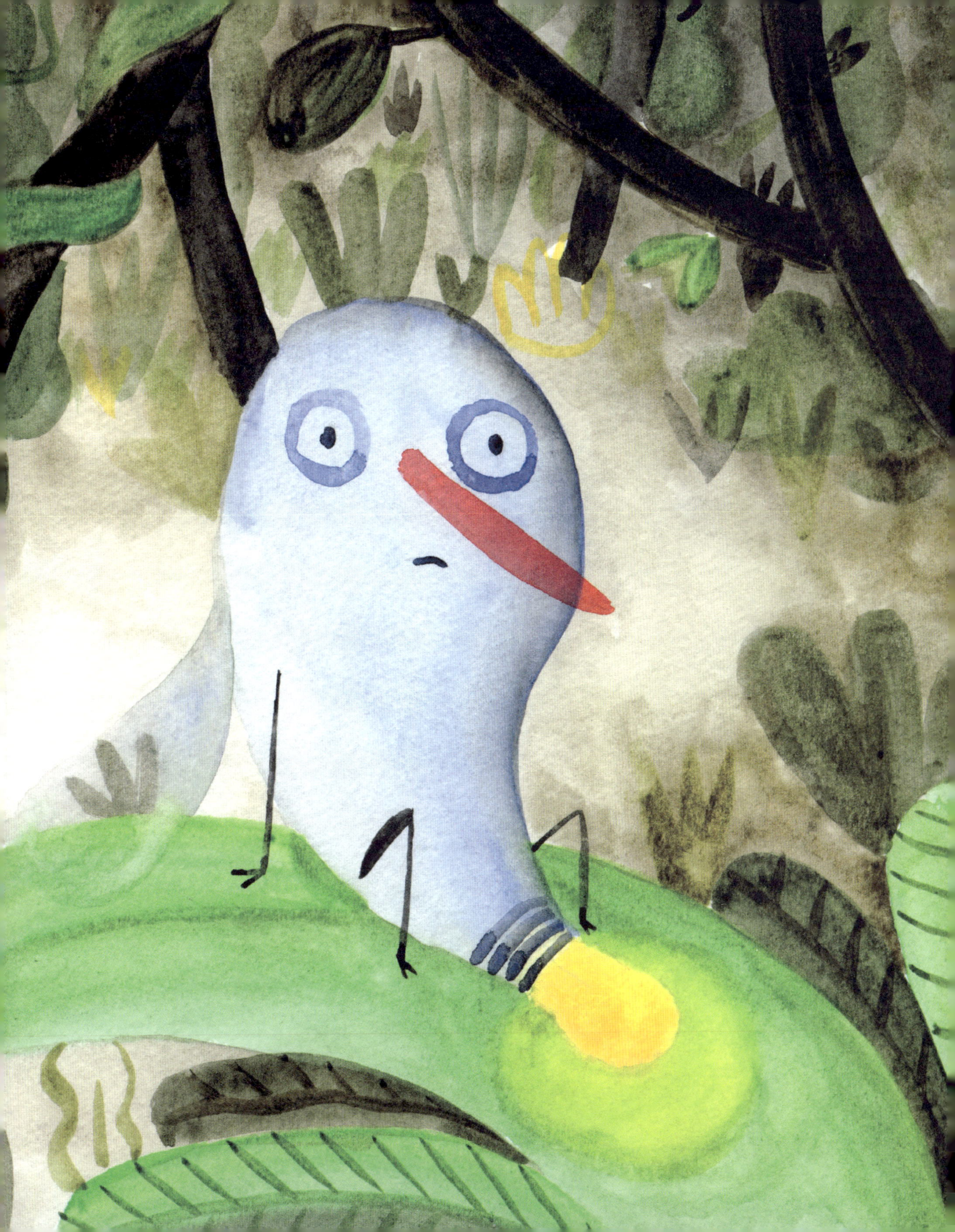

伊索尔（Isol）

阿根廷

伊索尔（玛丽索尔·米塞纳）是一位阿根廷流行歌手、插画家和图画书创作者。自从第一本书于1997年出版以来，她创作了大量令人印象深刻的作品，并获得了许多奖项。由于在童书领域的杰出贡献，伊索尔在2013年获得了林格伦纪念奖。

在本章中，伊索尔谈到《美丽的吉塞尔达》（*La bella Griselda*）的创作。这本关于自恋陷阱的引人入胜的图画书最初由经济文化基金出版社以西班牙语出版，并被翻译成多种语言。

伊索尔：这本书诞生于一个流行的短语，这个短语跟比喻某人失去头脑（理智）的想法有关。这句话的字面解释，就像对某人的赞美——她是如此美丽，以至于每个人都为她失去了头脑——这是《美丽的吉塞尔达》整个故事的触发点。

这种情景的画面在我看来令人不安又滑稽，求婚者的脑袋在女子周围滚动。[参见118—119页]

你会用这么多脑袋来做什么？

收集它们吗？完美公主的价值观，以及为了满足自我而不断追求征服的心态，在不断描绘并极言美貌无法为其主人带来真正幸福的情景下，似乎被揭示得一览无余。由此公主希望能找到一个不会被她的美貌征服的人，所以她召来一个几乎失明的王子，他至少能持续几个小时不为其美貌所动——然而，直到公主自己成为母亲的那一刻到来，她也愉快地失去了自己的脑袋（理智）。

草图是用铅笔绘制的，在与朋友和同事们交流后，随着时间的推移，我对故事的部分内容进行了修改。我的早期草图与最终成稿的一些插画非常相似。

对于描绘吉塞尔达失去脑袋后的那几页，最初对我来说是最艰难的部分，因为给一个故事收尾总是最困难的环节。留下一个失去母亲的女孩可能会让人感到非常悲伤，因此我不得不对最后的插画进行细致的处理。

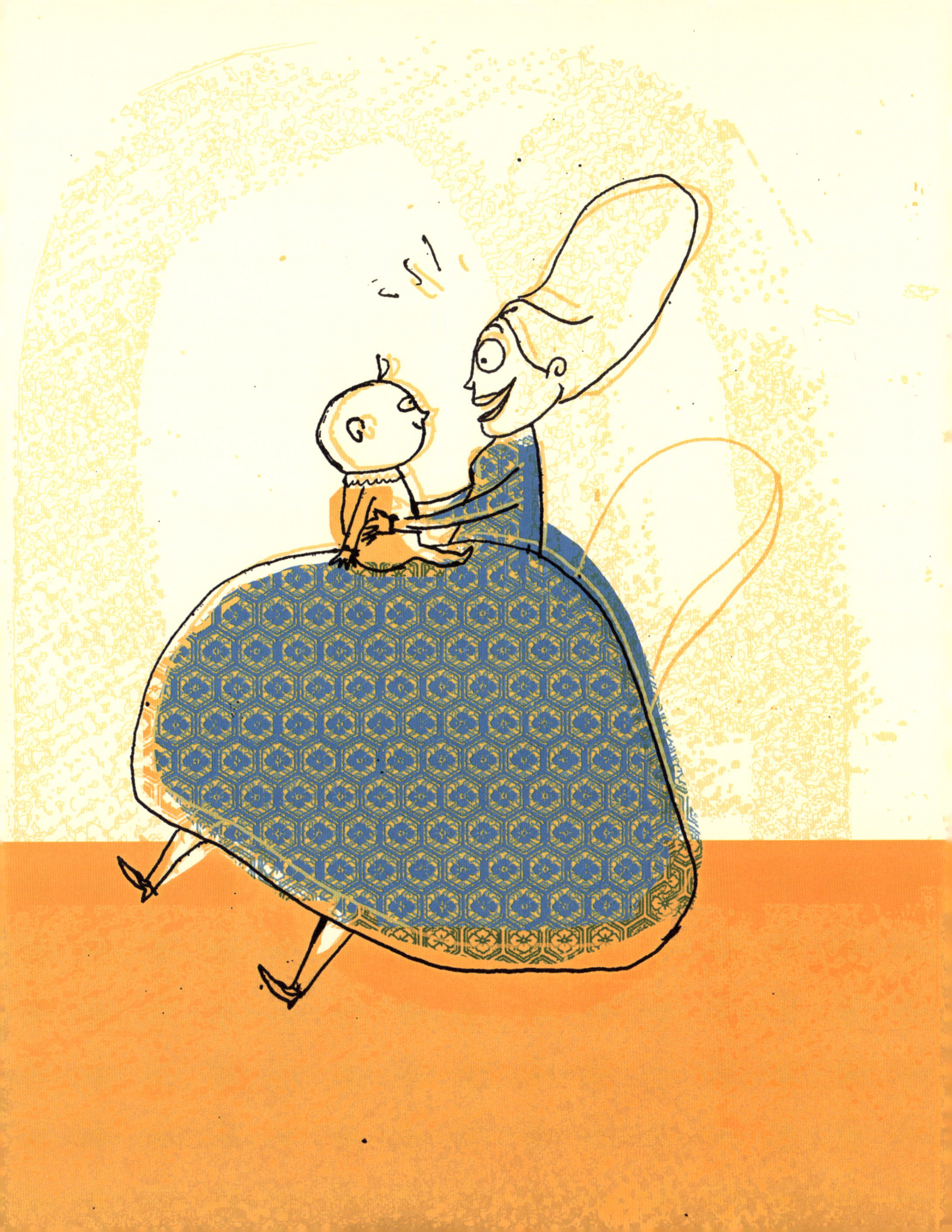

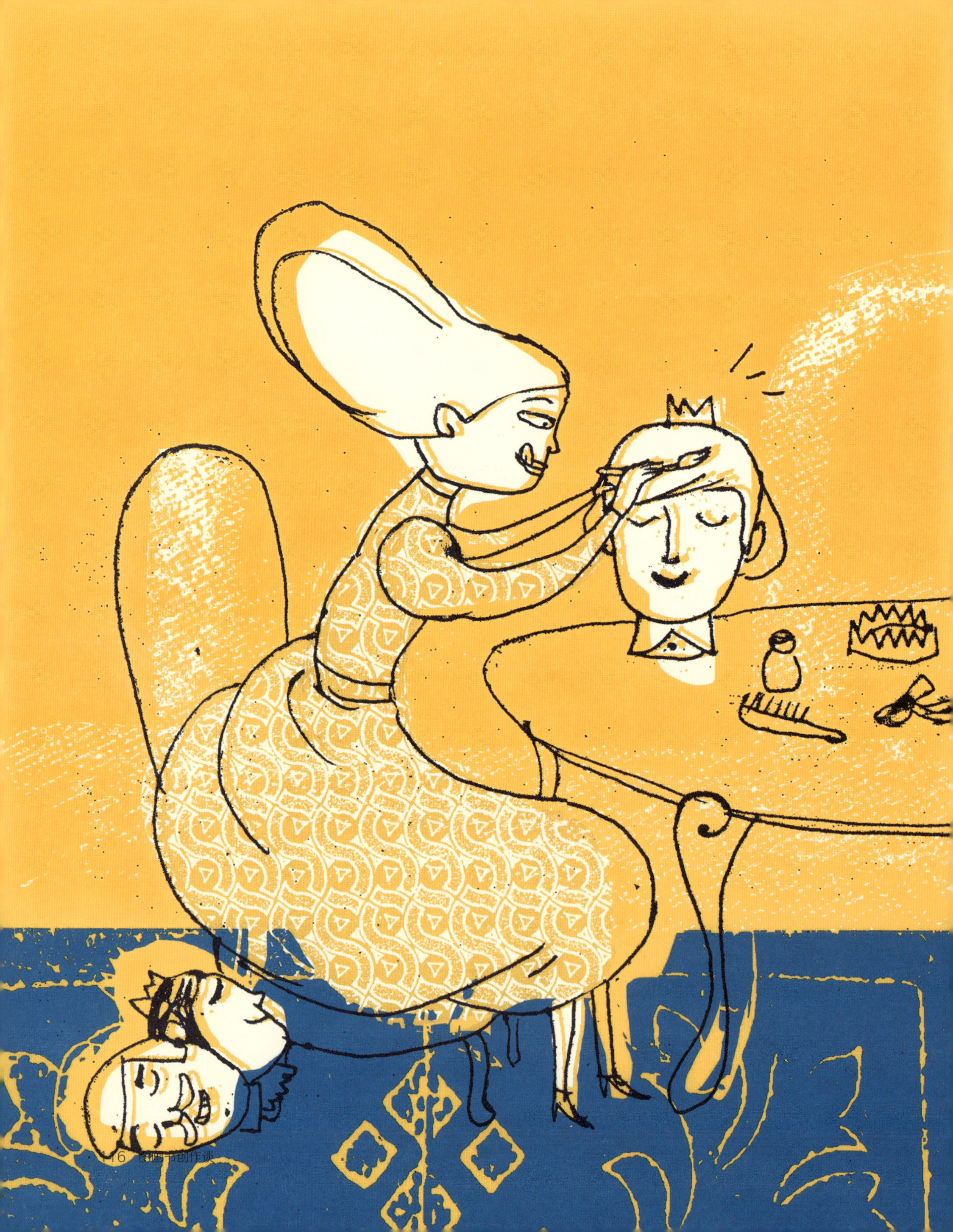

这本书的最后一句很难译成其他语言，因为那是一个仅在拉丁语中有效的文字游戏："女儿爱玩拼图游戏"。在西班牙语里，"拼图游戏"（jigsaw puzzles）的字面意思是"打破头"，因此在英文版本中，我不得不寻找另一种表达方式。

对于我的书，我总是在文字上竭尽全力，使其简洁而有力；在绘画方面也是如此。

当我完成草图后，我花费了很长时间寻找这本书恰当的视觉语言。我对草图中流畅且简单的线条缺乏信心，于是决定尝试其他可能性。

我试过墨水刮涂画和油画棒，但画面失去了流动感，显得用力过猛。最后，我回到了类似于草图的线条，其中角色的表情最为清晰。但在绘制最终的画稿和角色表情时，我遇到了困难。最后，我选择在描图纸上用铅笔和钢笔进行创作。

另一个挑战是需要绘制许多事情发生的场景，以及人物众多的场景，这是我在之前的书中尚未尝试过的。显然，我需要描绘吉塞尔达所居住的宫殿内部，或者至少以某种方式来展示。我用粉笔在纸上绘画，然后拍照，在电脑上尝试调整。选择实在太多了！使用电脑可能是一个无止境的过程。我不得不删繁就简。或许正因如此，我最终决定在整本书中仅使用四种颜色，且仅采用潘通色——即来自特定国际调色板的颜色。

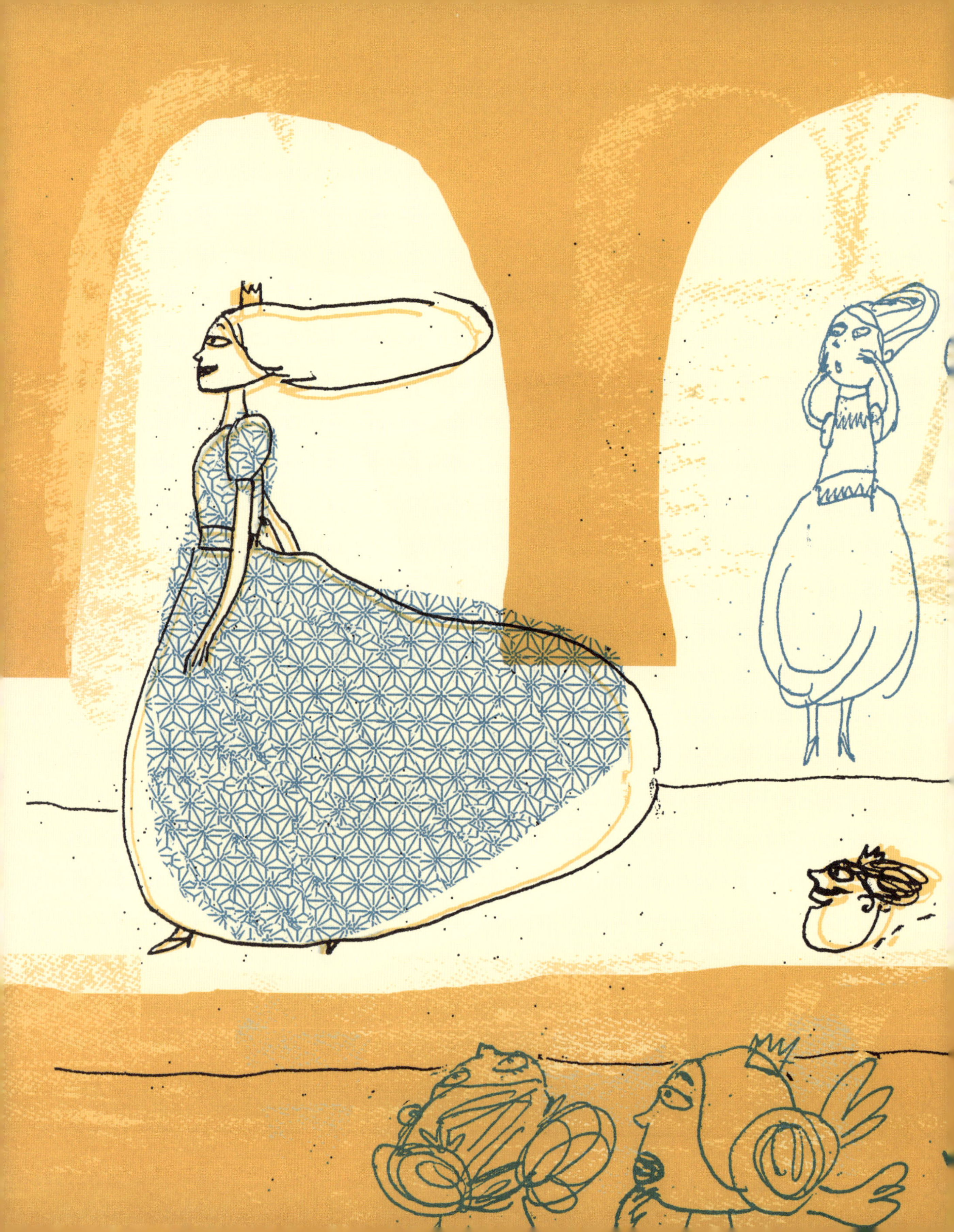

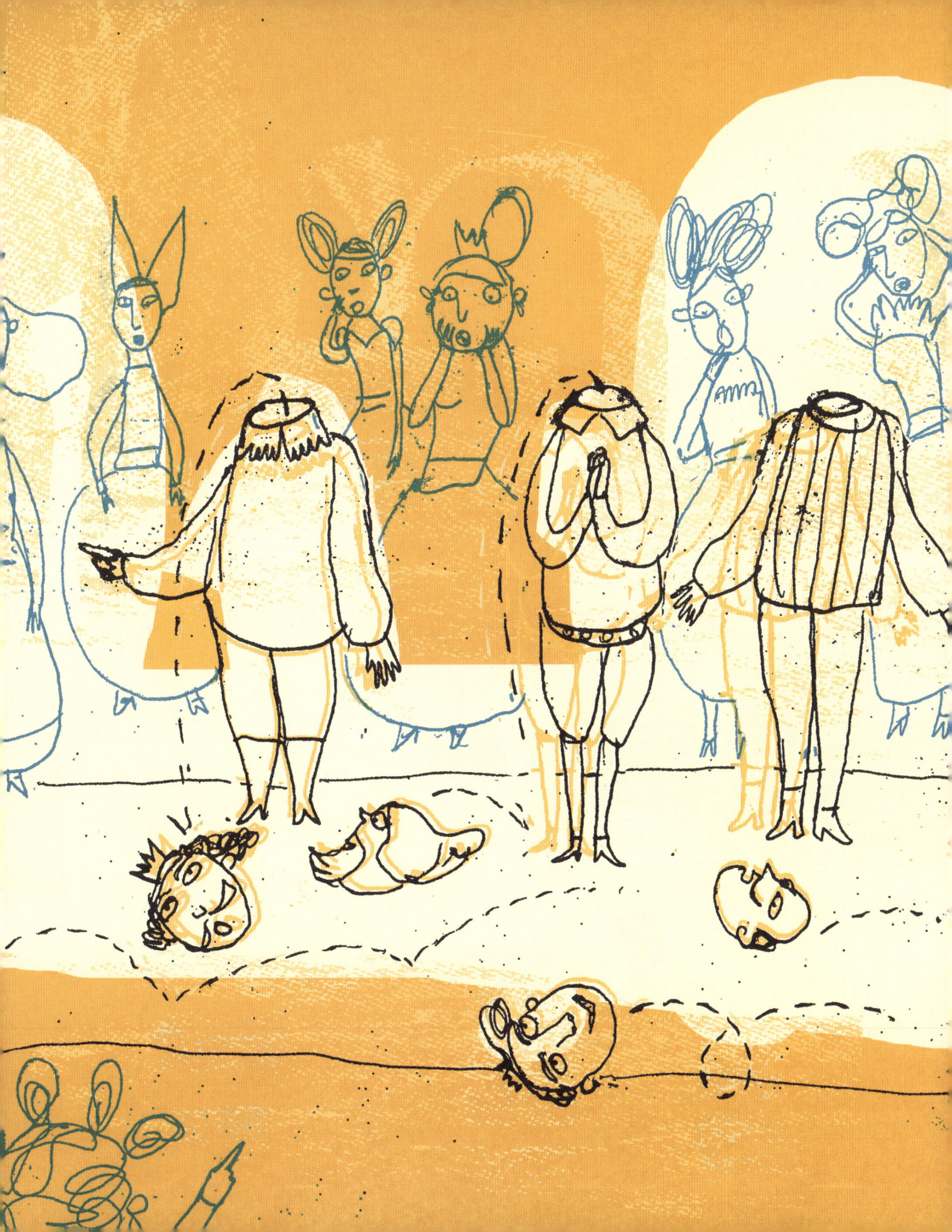

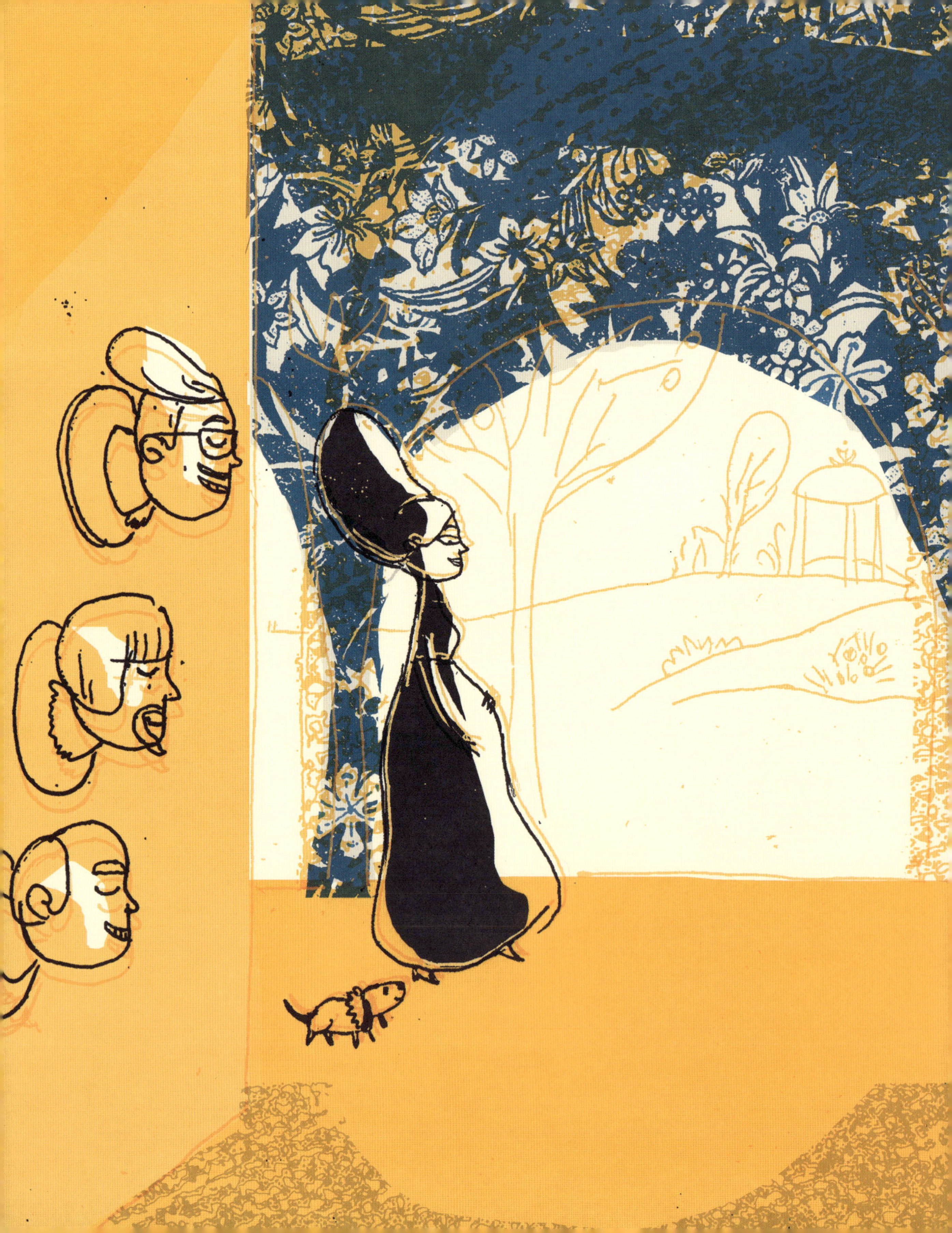

自从我尝试过绢印（丝网印刷）和蚀刻技术后，我就非常喜欢使用纯色。在这些技术中，每种颜色都需要单独操作。

我玩过透明胶片和颜色的重叠，也尝试过各种颜色的人物线条。我还必须学会如何使用独立的墨水。虽然这花了我一些时间，但非常有趣。在探索这些可能性和限制的过程中，我解决了其他问题。我在Photoshop中使用通道（而非标准的CMYK颜色）来工作。

在服装和城堡装饰品的制作中，我首次采用了折纸图案，对它们进行加工并将其融入插画中。我还受到了中世纪挂毯花纹设计的启发，这是一个很好的参考点，因为它们已经让我着迷了很长时间。实际上，我在封面上采用了类似于15世纪挂毯《贵妇人与独角兽》的构图。

伟大的保罗·乌切洛画中的骑士成为书中骑士们的参考对象。我拍摄了我家里地板上的马赛克照片，并将其应用到吉塞尔达城堡的地板上。在乡村背景中，当吉塞尔达乘坐马车时，我需要让城堡显得具体且有分量，而不是像我画中的那样轻巧、可移动。因此，我在插画背景中使用了真实的城堡，以赋予它力量。[参见122—123页]

由于我在这本书上投入了大量时间，我觉得它具有一种连贯且强烈的美感，同时也不失其新鲜感和幽默感。

LA BELLA GRISELDA. Copyright © 2010 by Isol. Reproduced by permission of the publisher, Fondo de Cultura Económica, Mexico. For a list of the different language editions, see Isol's post on picturebookmakers.com.

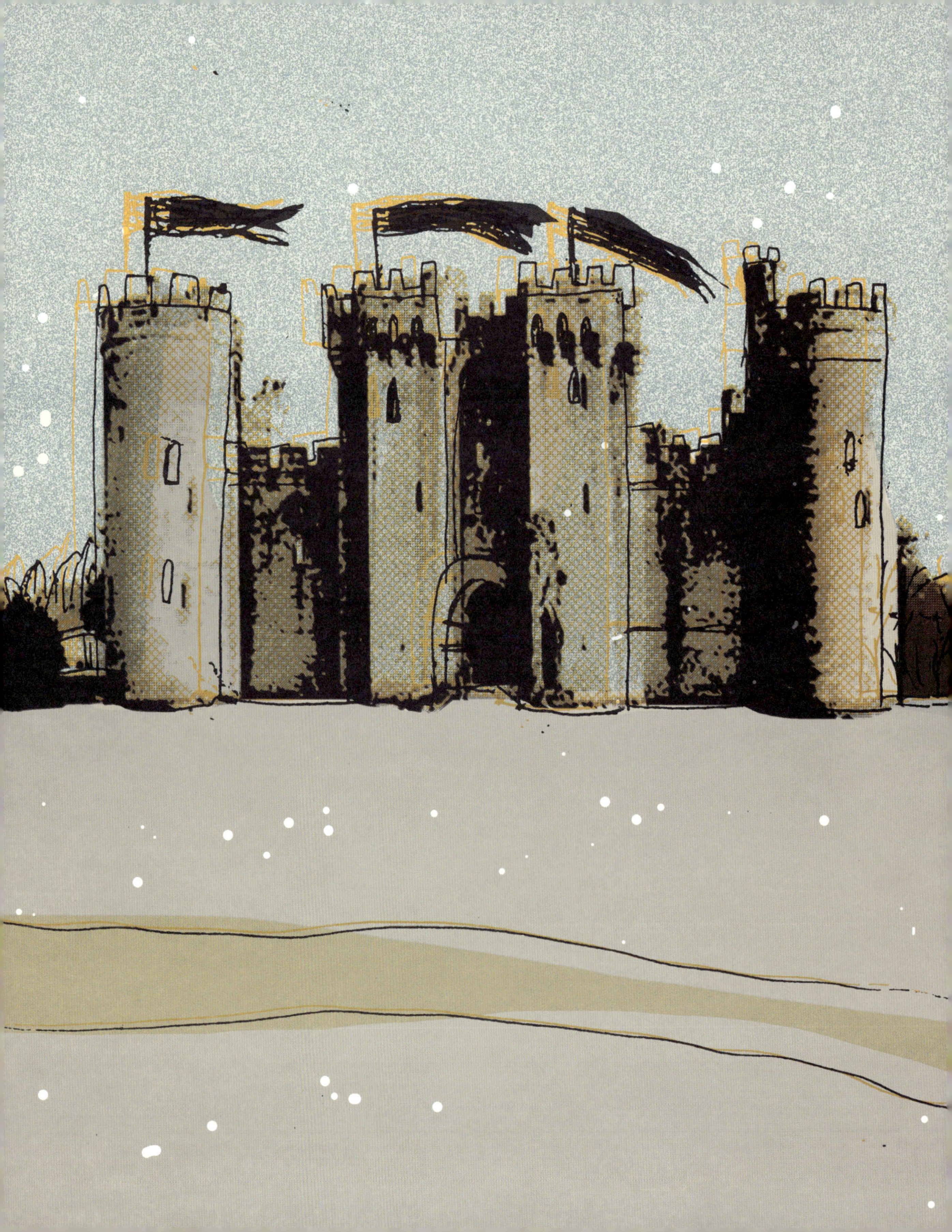

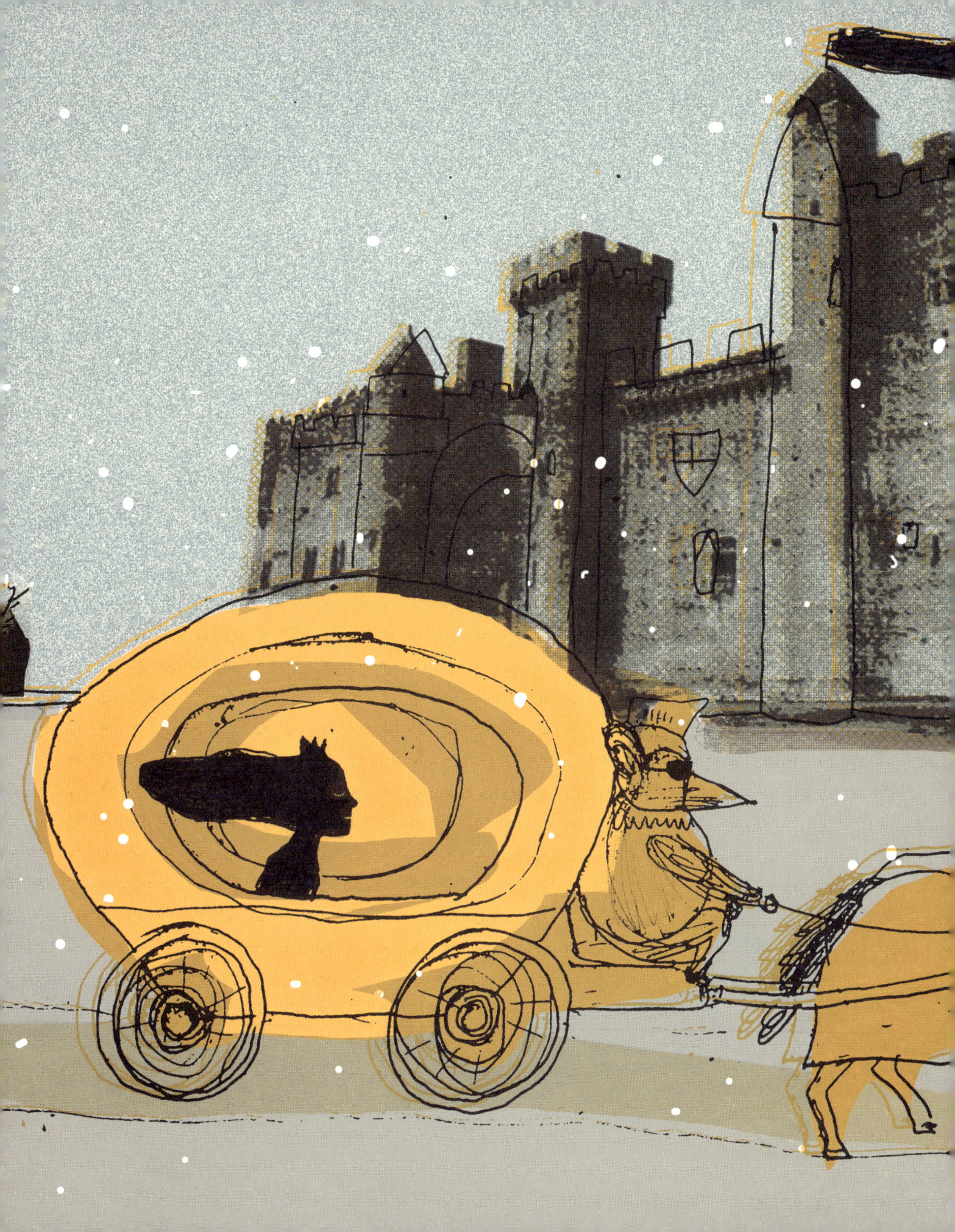

曼努埃尔·马索尔（Manuel Marsol）

西班牙

曼努埃尔·马索尔拥有广告和视听传播学位，同时还获得了童书插画的研究生文凭。他的作品在国际上备受赞誉，并荣获诸多奖项，包括意大利博洛尼亚童书展插画大奖、法国蒙特耶童书展佩皮特图画书奖、葡萄牙阿马多拉国际漫画节最佳童书插画奖以及博洛尼亚最佳童书奖等。

在本章中，曼努埃尔讲述了他令人叹为观止的图画书处女作《亚哈与白鲸》（Ahab y la ballena blanca）的创作过程。这部作品在2014年荣获了埃德尔维韦斯国际图画书奖。这个插图华美且富有诗意的故事，灵感来源于《白鲸》以及曼努埃尔对海洋的终生迷恋和热爱。

曼努埃尔：《亚哈与白鲸》的灵感来自《白鲸》，讲述了一个痴迷于寻找鲸鱼的水手的故事。然而矛盾的是，那条大白鲸一直就在他眼前。亚哈误以为那只是一座奇特的温暖冰山，而实际上他所触摸到的正是那条大白鲸。这是一个关于迷恋和海洋奥秘的故事。

小时候，我常常会在马尔梅诺潟湖度过一个个美好的夏天，与姐姐一起在水中潜泳数小时，被各种鱼类和水母包围，体验着恐惧、兴奋和快乐交织的心情。

之后，我们会和父母一起记录下我们在水下所见到的一切。我们还会在纸上粘贴贝壳，甚至是沙滩上捡到的干海马。

《白鲸》是我非常喜欢的一本书，以此为由促使我创作了一本与这些回忆相关的作品，讲述了大海奇妙又日常的一面。它很好地阐述了生命的奥秘：它就在我们身边，我们可以欣赏它，但它拥有我们永远无法理解的东西，让我们感到恐惧和美丽。表面看似平静，但在水下到底发生了什么战斗？在我还是个孩子的时候，大海就像是一扇通往未知世界的大门。水母的侵袭与外星人的入侵又有什么区别？

仅凭记忆不足以讲述一个完整的故事。这正是创作的困难之处！我坚信绘画能够帮助我们进行思考。一开始，我并不确定自己想要走向何方，只是从一系列的情感、风景或氛围出发。对我来说，这对故事的发展是绝对必要的。

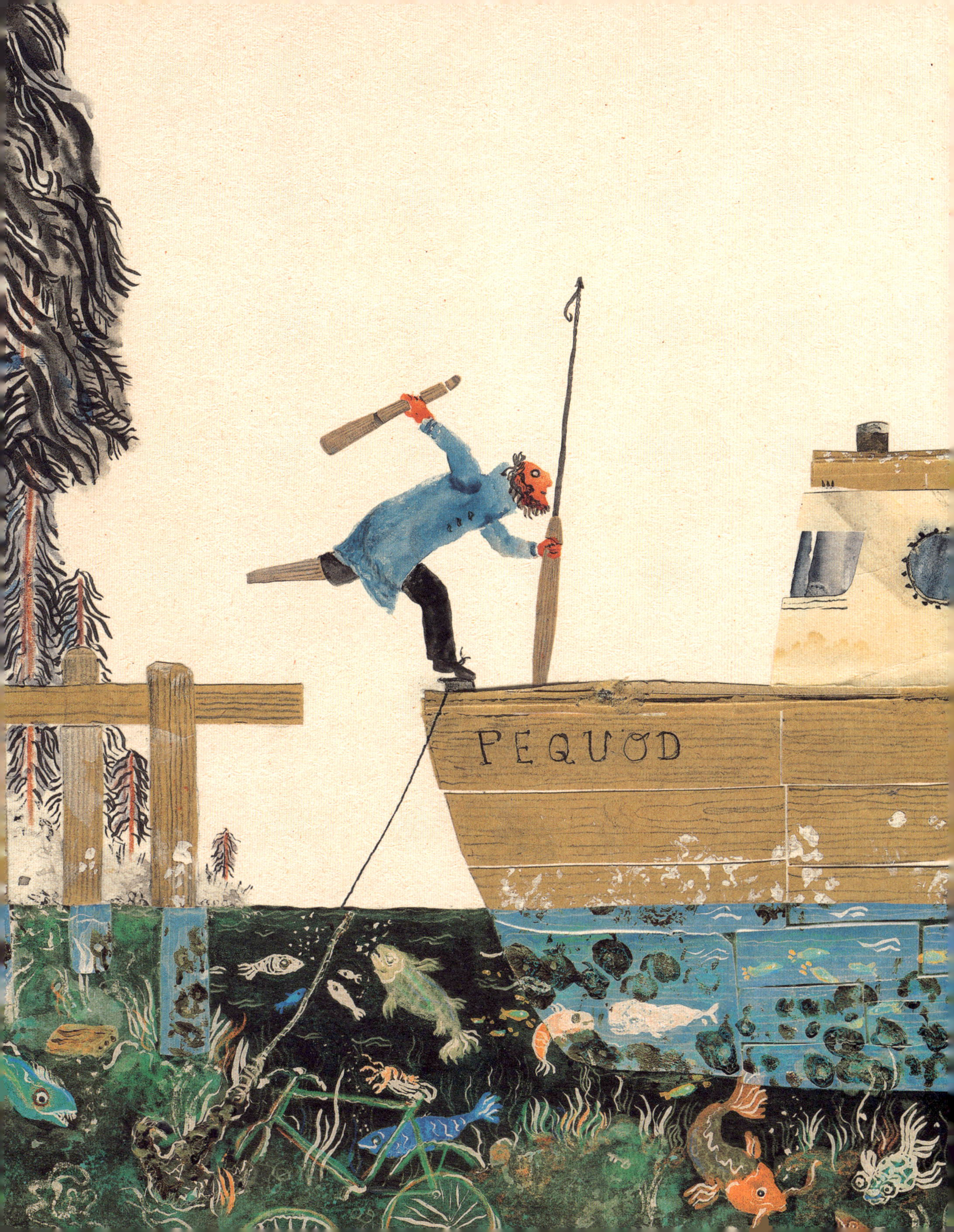
PEQUOD

例如，我开始画一条巨大的白鲸浮出水面，它犹如一座长满棕榈树的岛屿，这是另一个刻骨铭心的童年记忆，让我想起了童年时家里的一本书——戏剧团体"喜剧演员"创作的《温暖的太阳》（1985年在博洛尼亚童书展上曾获"年轻的评论家"奖）。

接着，我又画了一个鲸鱼头形状的悬崖。那时候，我还不知道这个故事将会是怎样的。我继续画了许多鲸鱼"隐藏"在风景中的场景，以及一些不适合用在图画书中的零散想法。不过，另外一些想法在最终版本中几乎保持了原样。

然后，我觉得描绘亚哈痴迷于寻找一直就在他眼皮底下的东西会很有趣。这让我意识到《白鲸》中最大的主题之一（痴迷）与我所做的事情之间的联系。此外，这也与我的创作过程息息相关：我们经常坐在离解决方案太近的地方，以至于我们无法看到它。有时候，只需从迷雾中退后一步，就能意识到它实际上是一条鲸鱼。

"意外"是我工作中一个非常重要的部分，但同时也伴随着大量的研究：我阅读了关于《白鲸》的专著，重看了约翰·休斯顿执导的电影，重新阅读了书中的片段以及网络上的参考资料……

一切都有助于产生一个突然的火花。有些人在工作时，甚至在开始之前就对他们要讲的故事和如何讲述有非常明确的想法。就我而言，我让我的痴迷、直觉和研究来完成第一部分的工

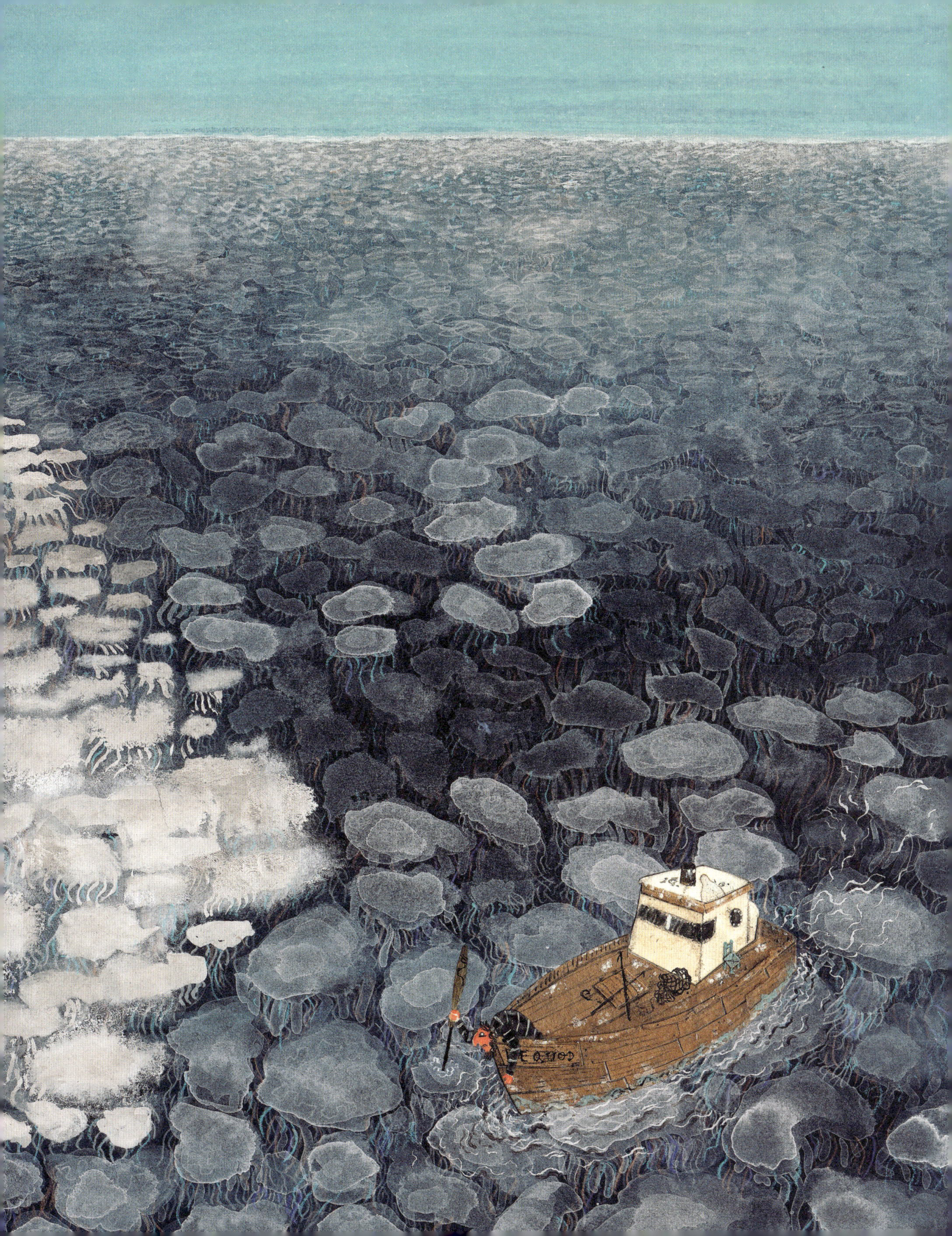

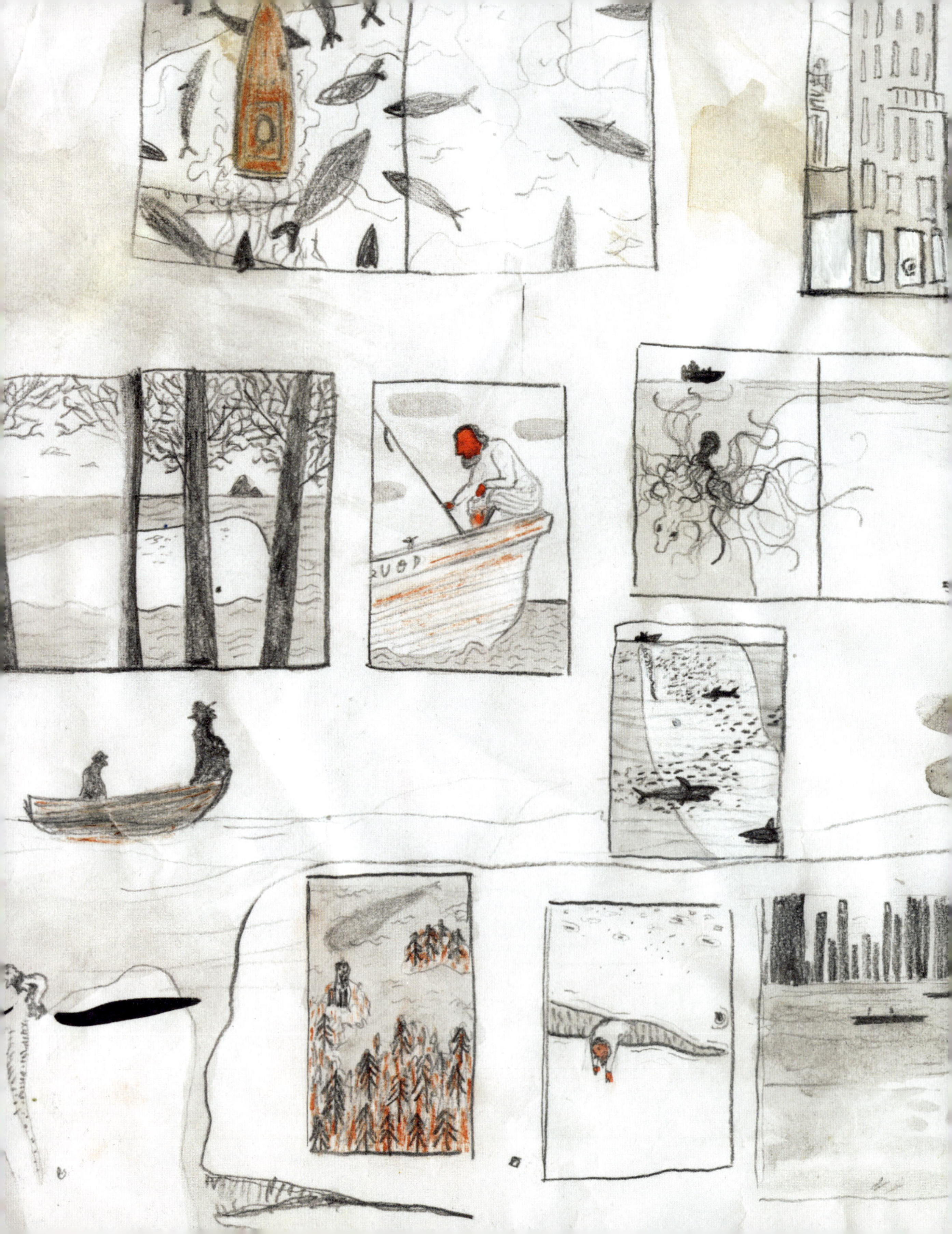

Un encuentro entre Moby y Ahab.

Ballena Blanca

le lleva

FINA

LA GRAN BALLENA BLANCA

作。剩下的部分交给理性去完成；一切都必须能说得通，这时不安全感和障碍也就来了。没有一条笔直的道路。这是一个不断赢得小战役的过程，是一个不断犯错并最终纠正的过程，无论是因为你发现了这些错误，还是因为你的编辑、女朋友或朋友看到了它们。

这些战役之一就是插画的色调。这是我在有故事之前就开始的一项任务，不论是在试画还是在绘制潜在的最终画稿。在找到那张你确信是正确的图像之前，很难用图形去想象书的其余部分。在对下面这幅画进行数字化修饰后，我对最终效果毫不怀疑。原图是在纸上用中国水墨、拼贴画、水彩画、铅笔和乳胶漆完成的。

我喜欢在Photoshop中对扫描后的图像进行尝试。我喜欢调整图像的色阶、色调或切换颜色。在这种情况下，我自己的画让我感到惊讶，好像不是我自己创作的一样！这就是为什么我总是说，我们必须对创作过程中的意外——对我们没有预见的事情——保持开放态度，因为这种意外带来一种新鲜感，可遇而不可求。当我看到那个有着蔚蓝树木的夜晚时，另一个关于海盗和海洋的童年记忆涌上心头——恐惧和迷恋。就像我小时候在电脑上玩《猴岛的秘密》游戏时所体验过的神秘感。

至于最终的插画版本，我只是修改了这个人物，并把画面放大为一幅跨页。

在这一发现之后，许多夜间或水下的插画都是反向构思的。也就是说，我事先考虑哪些颜色是必要的，这样当我对它们进行反向操作时，就能得到想要的效果。例如，如果我想要一只红色的章鱼，我就把它画成蓝色。原画看起来像是出自一个色盲之手！

许多好的想法通常只有在你面临具体问题时才会出现。在第一次描绘要偷亚哈腿的海怪克拉肯的时候，我想让交织在一起的触角突出，占据整个页面。但我不希望它看起来太戏剧化。所以我需要一个有趣的想法，我想我可以让章鱼看起来像一只巨大的手。现在它是一只有幽默感的章鱼。我画了20次，在这里或那里改变触角，直到图像变成了一只手，尽管仍然是一只章鱼。[参见132—133页]

好处是，在这个过程中，丰富的细节往往会跳出来，比如给章鱼戴上一个鳗鱼指环！

曼努埃尔·马索尔（Manuel Marsol） 131

我将文本（图画书的另一大战役）作为埃德尔维斯国际图画书奖的参赛作品提交，它与最终书中的文本有所不同。这是因为从领奖到最终作品交付之间经过了几个月的时间。在此期间，我有机会对其进行重写，但直到交付的前一天，我又从头到尾重写了一遍！故事的内容相同，问题在于我之前叙事的声音并不恰当。

起初是别人在给我们讲述亚哈的故事。这个船长大声嚷嚷着，不停地抱怨和发牢骚。你可能会了解这种感觉，当某件事情不太成功时，你能感觉到。你可能不知道具体应该如何解决，但你知道有些地方不对。而当你终于指出问题所在，并知道如何解决时，你会开心得想尖叫。

是的，原来的文字过于浮夸，每一句都想要搞笑，而且经常重复插画中已经展示出的内容。这与那些插画的诗意格格不入——它们追求的是宁静，希望我们观察细节的无限性并进行思考。我开始减少文字量，但这还不够。一天早上，我突然想到，我要以第一人称讲述这个故事，就像我是亚哈一样。于是尖叫声让位于静谧——那种神秘感，充满多元解释以及多重解读的可能。我在一个早晨重写了整个故事。它几乎是自己冒出来的。这是在大量工作之后的厚积薄发——一切都在毫无征兆的情况下自己整理好了！但实际上我已经在脑海中重写了这个故事很长时间。

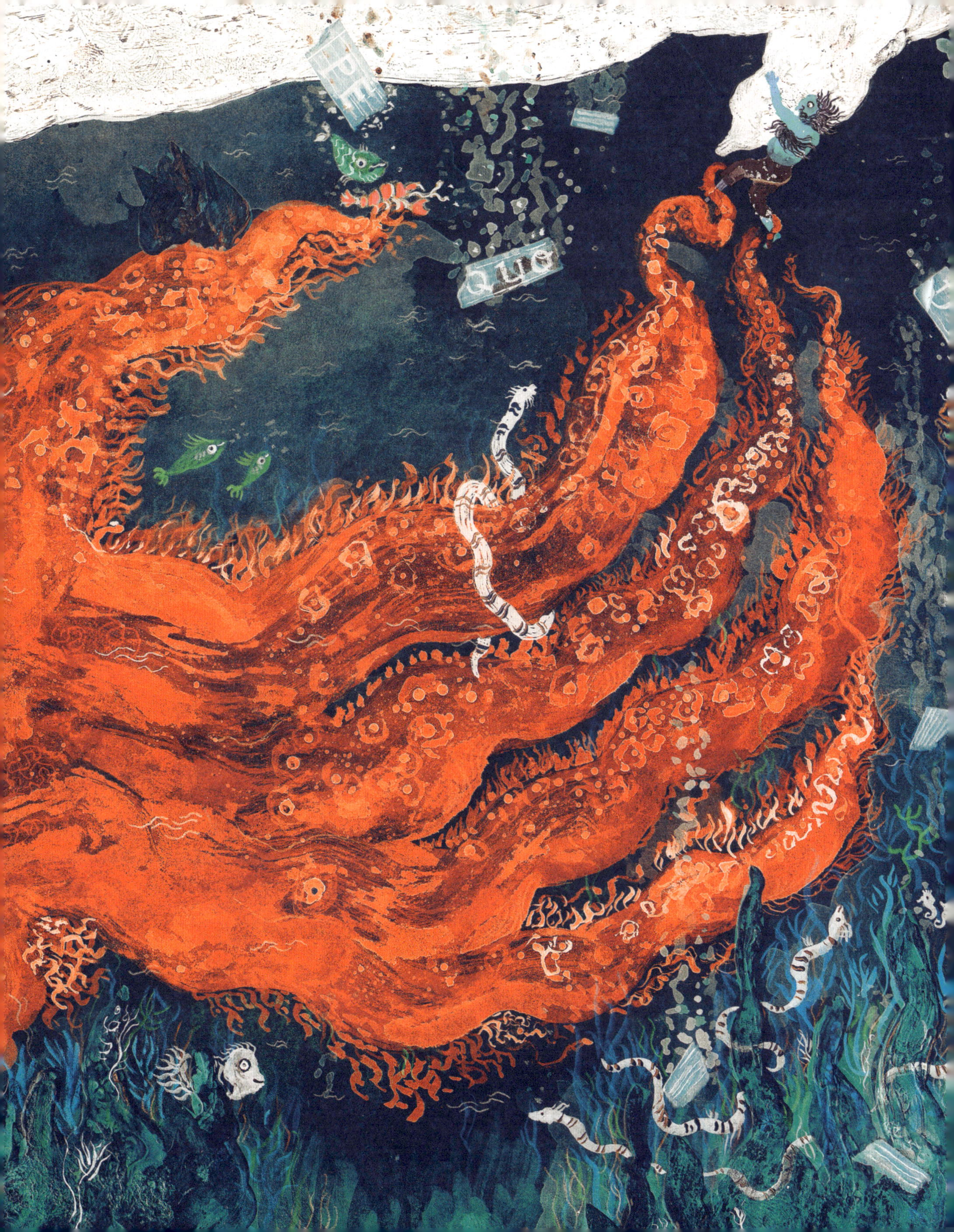

关于颜色，我参考了约翰·休斯顿执导的电影《白鲸记》。我非常喜欢这部电影在如此有限的调色板上实现的古典风格。尽管它是彩色电影，但我们会有一种在观看黑白影片的感觉。

随着我和编辑们在创作过程中的深入推进，我们意识到为海洋生物添加一些神奇的色彩会让作品更有趣。我认为这本图画书在海底的古典色彩与所谓的魅幻色彩之间达到了很好的平衡。

许多人询问我关于画面肌理的问题。这些灵感来源于渔船上剥落的油漆、水底砖头上的海草、鱼鳞、贝壳，等等。在我还是个孩子的时候，我常常凝视海草，鼻子几乎会触碰到海底。我还记得把鱼握在手中的感觉——它那粗糙皮肤的质感。

另外，一些纹理也受到了马德里一位名为洛佩兹-索尔达多的抽象画家的很大影响。我是在他的画作陪伴下长大的，因为他是我父亲最好的朋友。我曾与他共度数月一起绘画，他把他的一些技巧传授给我，比如基于混合媒材产生的随机效果，这总是让我很感兴趣（例如油彩混合丙烯颜料、水混合中国墨，等等）。

他那令人惊叹的艺术世界让我着迷，甚至让我忍不住去触摸他的画作。这就是为什么我喜欢看到人们用手在我的书页上摩挲，仿佛他们期望感受到某种粗糙的东西——就像我小时候把鱼握在手里的感觉。

AHAB Y LA BALLENA BLANCA. Copyright © 2014 by Manuel Marsol. Reproduced by permission of the publisher, Edelvives, Spain. For a list of the different language editions, see Manuel's post on picturebookmakers.com.

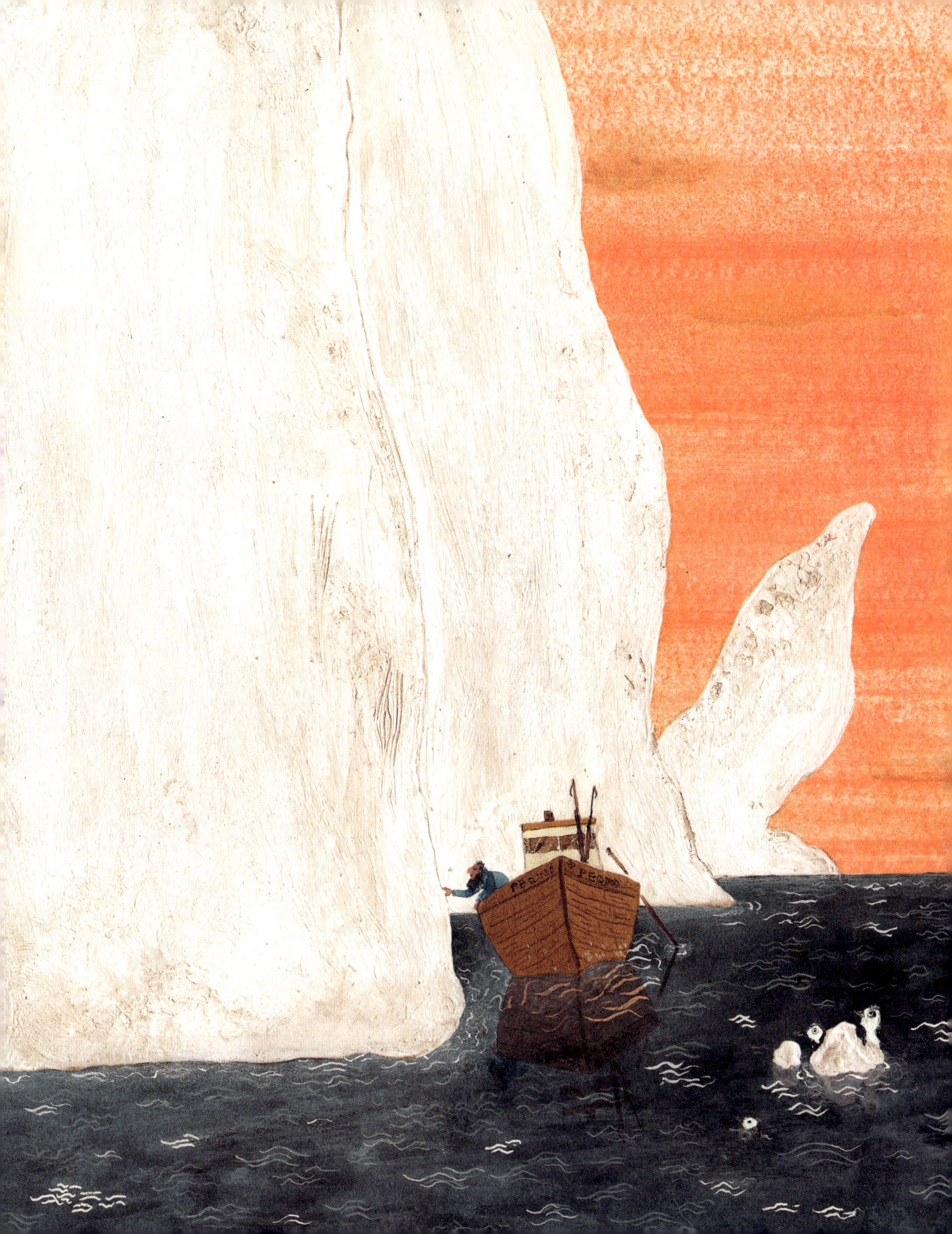

de Chuck

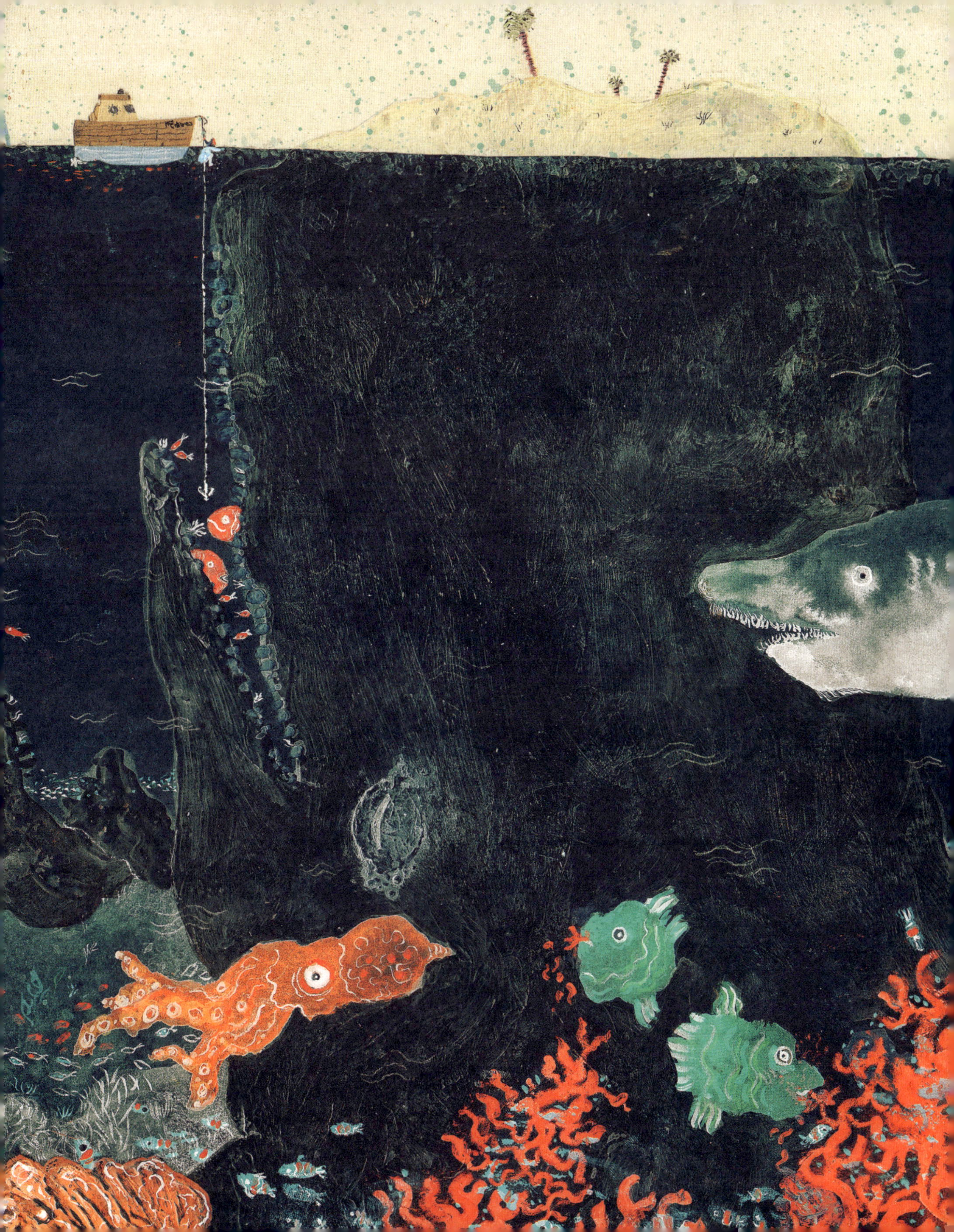

乔安娜·沙伊布勒
（Johanna Schaible）

瑞士

乔安娜·沙伊布勒是一位艺术家，其作品游走于插画、艺术和设计的边界。她毕业于卢塞恩造型与艺术学院，并获得插画与视觉传达专业的学位。她是"波洛俱乐部"的首批成员之一，这是瑞士一个积极支持新生代图画书制作者的团体。

在本章中，乔安娜谈到了她令人难以置信的图画书处女作《从前有过，还有更多》（Det Var en gång och blir Så mycket mer）。在2019年第一届dPICTUS未出版图画书展中，这个项目获得了30家出版商评审团中的23家的投票支持，后被瑞典小海盗出版社购得版权，并以9种语言进行了联合出版。

乔安娜：我想和大家分享我的图画书《从前有过，还有更多》。这本书带领我们进行了一次时间旅行，从遥远的过去开始，中间来到了现在，然后带着问题引导我们进入未来。

时间以一种独特的方式呈现：当我们接近现在时，书页变得越来越小；而当我们进入未来时，书页逐渐变大。

早在我制作第一本假书时，就很难相信它有朝一日会变成一本真正的图画书。我曾多次从出版界人士那里听闻，制作这样一本书非常具有挑战性。即便是有可能，要找到一个愿意承担风险和成本，并付出努力来制作这样一本书的出版商，也难上加难。

尽管过程漫长，但最终梦想成真！

这本书的创作之旅始于波洛俱乐部，该俱乐部是由瑞士插画二人组"大象在下雨"几年前创立的。波洛俱乐部致力于支持插画师完成图画书创作，并为他们提供与出版界专业人士交流的机会。

我有幸参加了2018—2019年的第一期活动。我们是一个由15位插画师组成的奇妙团队，每个月聚集一次，共同推进我们的图书项目，并从彼此的反馈中学习和成长。

我做过很多项目，在艺术和插画之间游走。对我来说，制作一本图画书听起来充满挑战，尤其是因为我很少从事叙事性的创作。

我向往那些具有令人振奋的版式设计的书籍，而并不满足于仅仅创作一本普通的书。

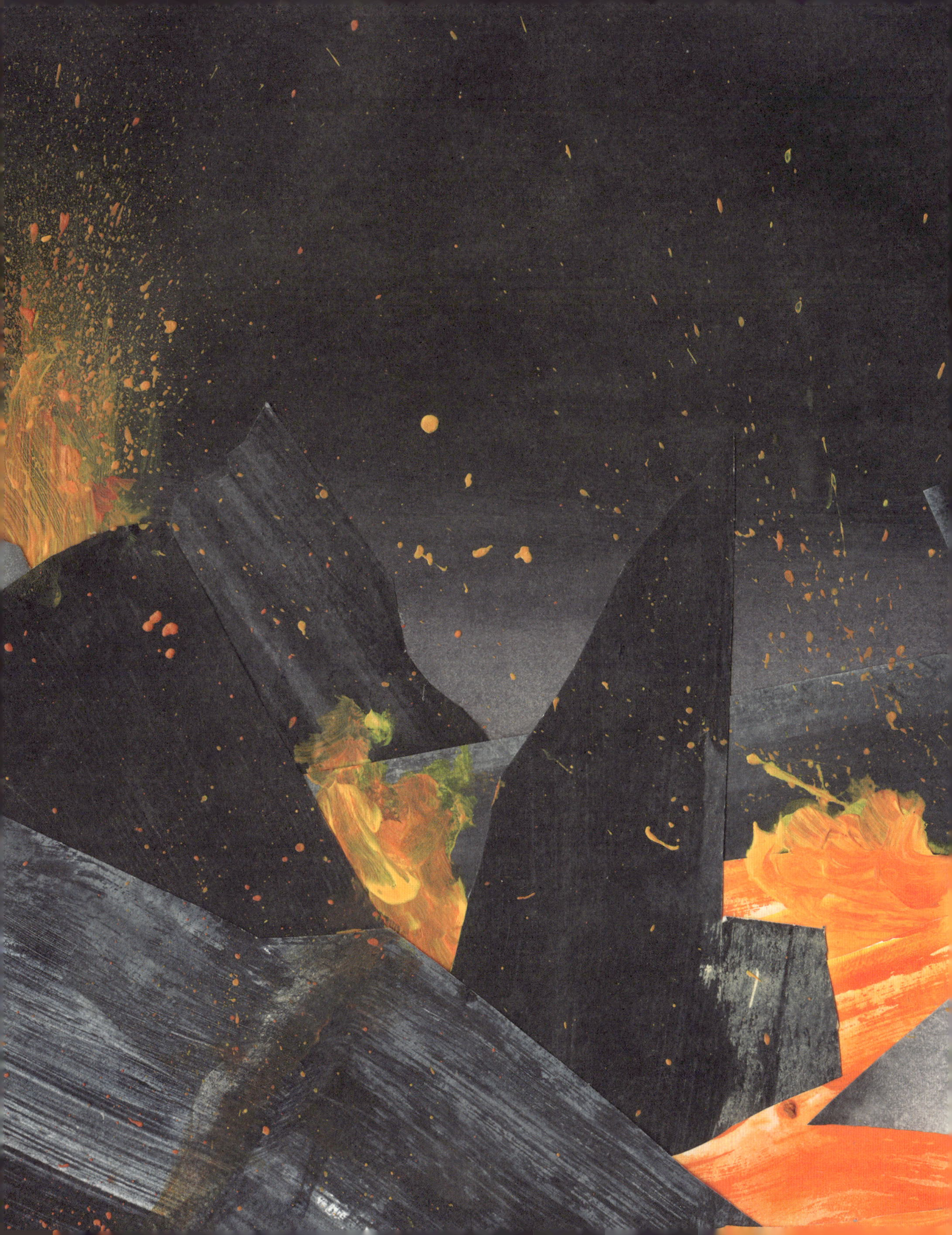

Millions of years ago, dinosaurs lived on Earth.

Yesterday, the weather was stormy.

喬安娜・沙伊布勒（Johanna Schaible） 141

我的创作主题从一开始就非常开放并具有全球视野。比如，我的关键词是"夜晚""空气"和"时间"。

为了在我们的项目中取得实质性进展，波洛俱乐部组织了一个工作周末，我们一起努力工作，分享思路和创意，这使得整个过程变得非常充实。在创作过程中，我们都面临着类似的挑战。那时，我正在探索两个创意：第一个是放大，从远处开始，逐渐靠近一个孩子；第二个创意则是做一本以"时间"为主题的假书。

将这两个创意结合在一起成为了一个重要的转折点。我终于找到了我一直在寻找的主题和概念。

在插画创作中，我常常采用绘画和拼贴相结合的方法。我也用这种技术来绘制草图，因为我希望直观地感受到图像和创意所营造的氛围。

首先，我画了一些明信片大小的小草图。[参见143页]在这种情况下，我的绘画更为粗简，我非常喜欢这些草图所展示的活力。快速完成绘画让我感觉舒服，这有助于我直观地进一步完善图像。

接下来，我制作了许多小的假书，观察在翻页过程中所发生的变化。我意识到，我必须找到简洁的句子，为这本书赋予时间线和结构。[参见144—145页]

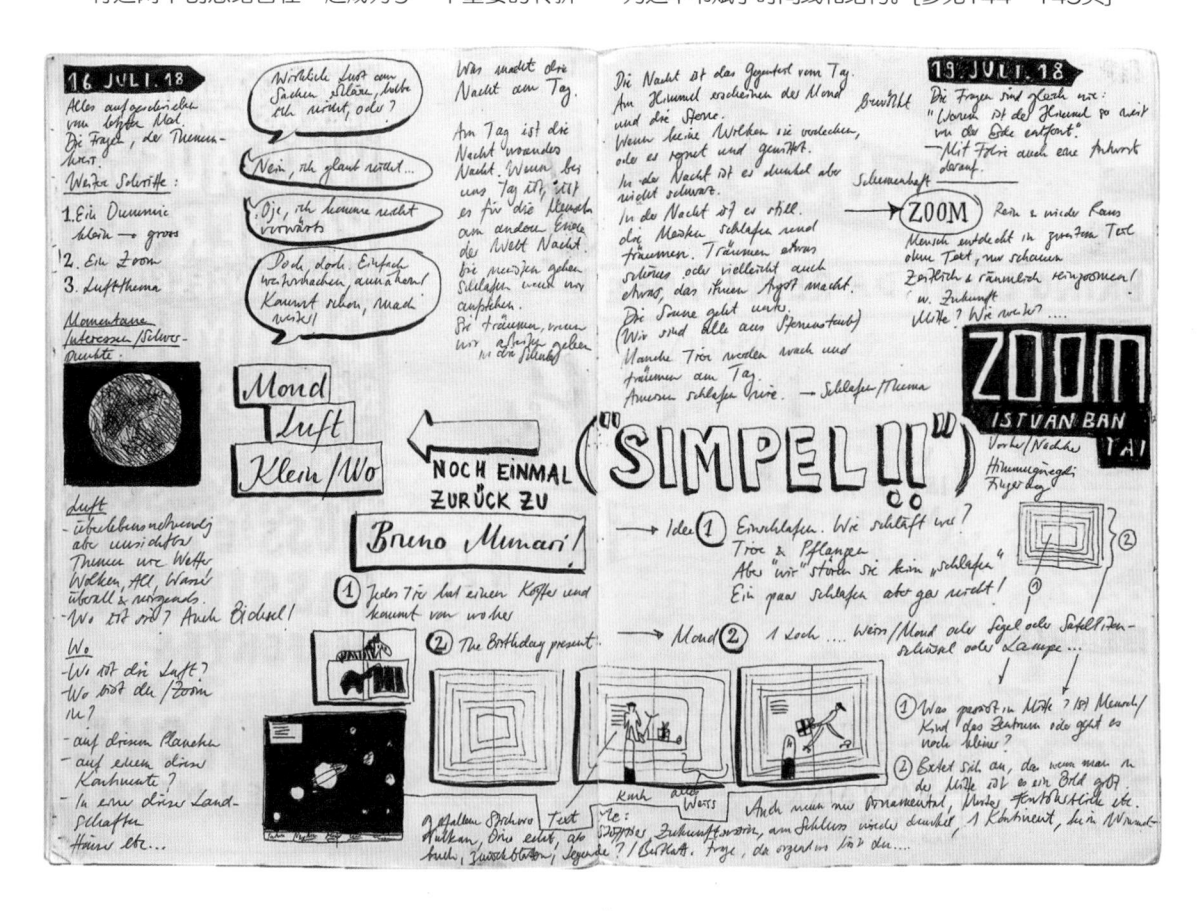

142　图画书创作谈

右页的照片由埃迪·艾特林提供

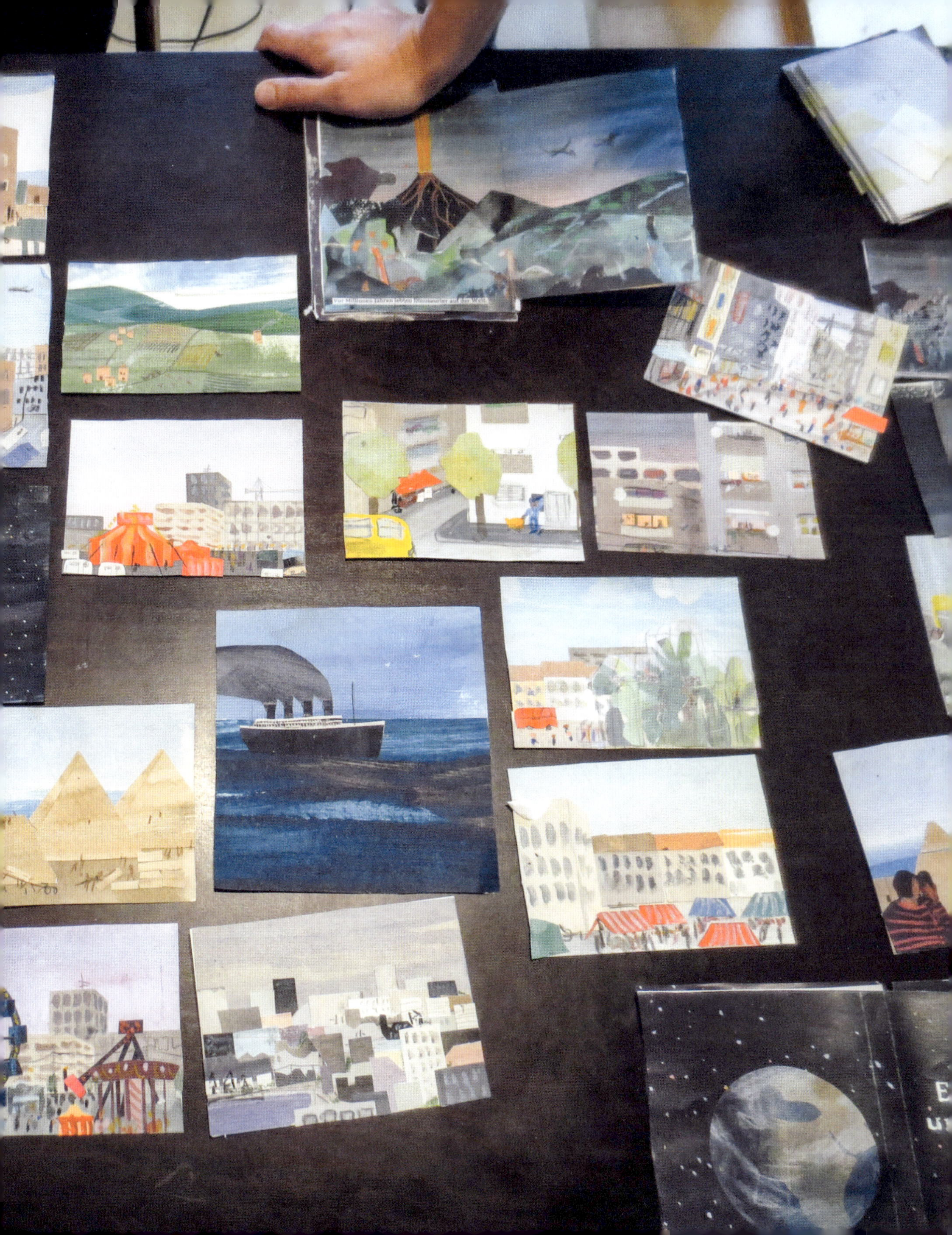

Es war einmal und wird noch viel

Für die Erwachsenen von morgen und die Kinder von gestern

GLEICH
GROSS

在构建一个连贯的时间旅程的同时,我不得不思考我的创意的可行性。当我制作小的假书时,它们是非常不精确的。直到开始测量页面尺寸并制作真实书籍大小的样稿时,我才意识到页面不仅尺寸变化,而且版式也发生了彻底的改变。页面的版式从更常见的图画书尺寸变为宽阔的全景模式,然后又变回原来的样子。为了确保尺寸的准确性,我采用了框架来辅助拼贴,这样可以在最后阶段调整和移动元素,直到达到满意的效果。

带着我的假书,我和波洛俱乐部一起参加了2019年博洛尼亚童书展。在博洛尼亚,一些出版商表示对我的作品非常感兴趣。然而之后,我再也没有收到他们的任何消息。

这个项目得以推进,要归功于另一个电话。我将我的假书提交到2019年第一届dPICTUS未出版图画书展上,当我得知30个出版商评委中有23个独立投票给我的项目时,我感到非常激动。这让我非常高兴,因为这意味着我的书在某种程度上打动了他们,尽管这并不意味着他们会出版它。

不过,也正是通过这次未出版图画书展,我的图书项目找到了愿意承担巨大挑战、将其付诸现实的出版商。我非常幸运地与来自瑞典小海盗出版社的编辑埃里克·利努松和来自dPICTUS的山姆·麦卡伦进行平面设计合作。在我们的合作中,我感受到了他们对我和我的作品的极大信任。

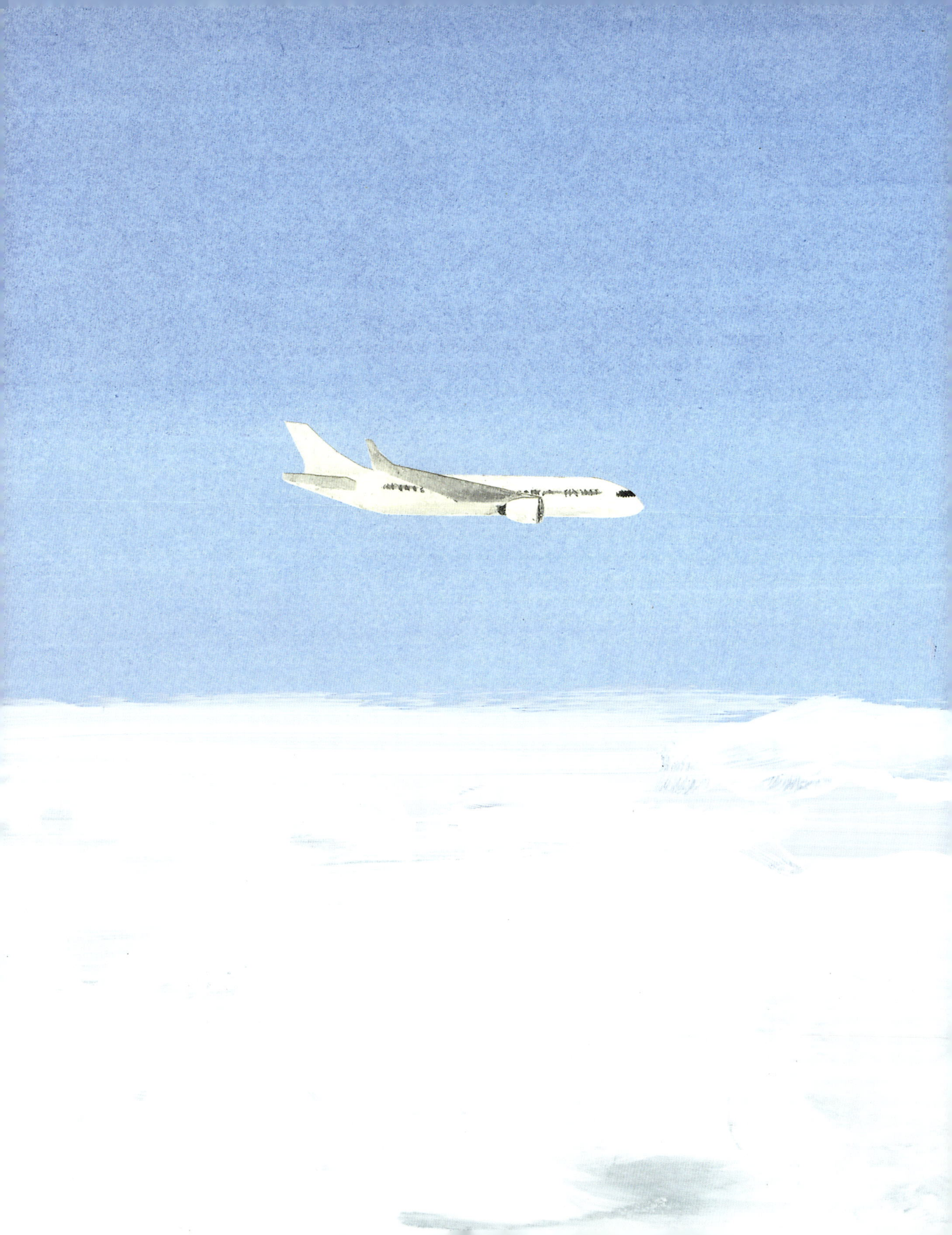

在这个项目的创作过程中，我遇到的情况与我通常经历的相似：有些画面很容易就完成了，而且与原始草图非常接近；但对于其他一些画面，我不得不一遍又一遍地重做，直到它们让我感觉恰到好处。

我非常喜欢将绘画和剪纸技术相结合来设计场景和营造氛围。在初始阶段，如何在这些场景中呈现人类的生活状况颇有挑战性。在我决定以更大尺寸来画这些人物后，就变得容易多了。对于部分图像，我先完成整个场景，然后剪出人物并以数字方式加入。

每当遇到困难时，我会到外面去拍摄周围的日常生活，这对我非常有帮助。

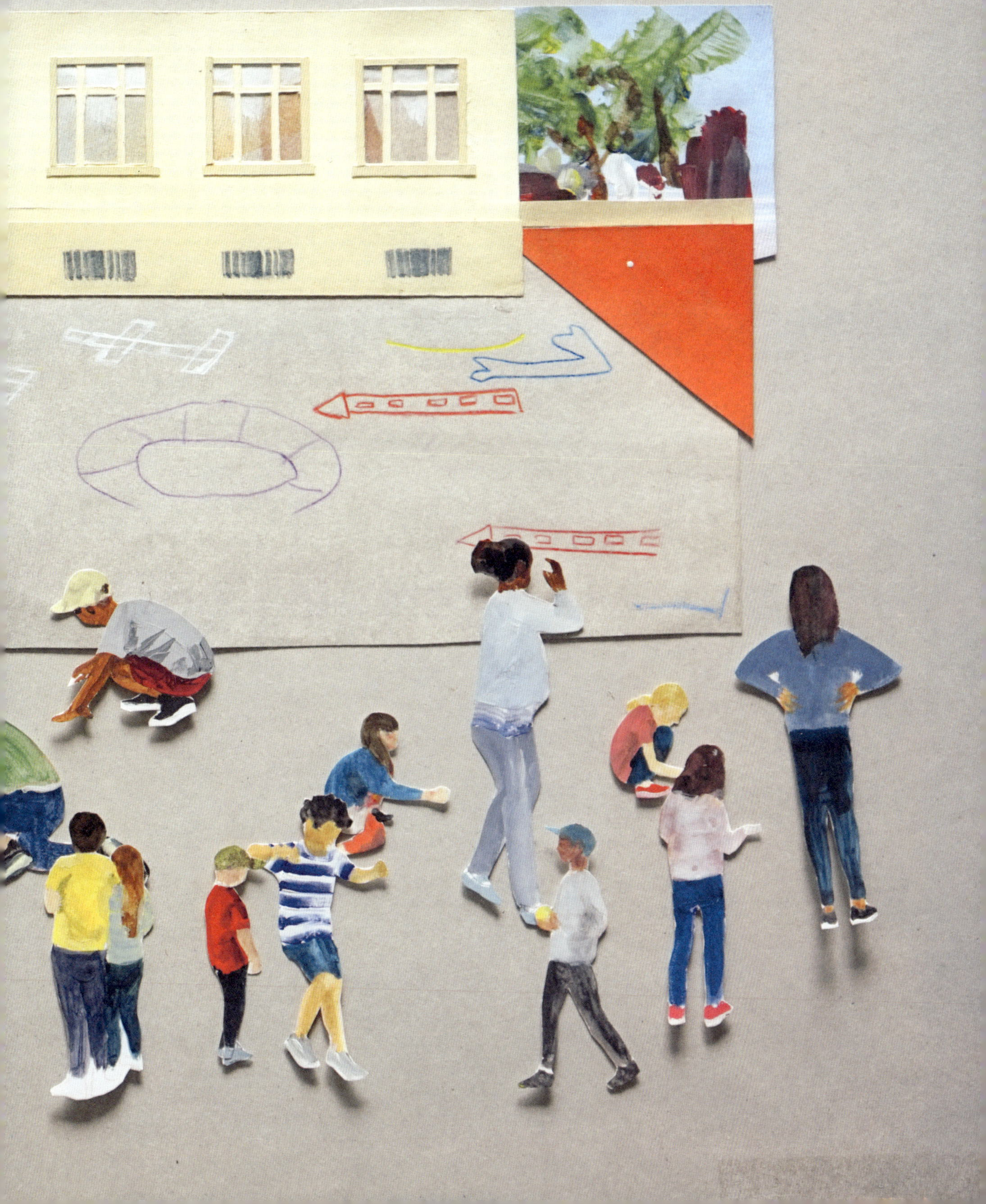

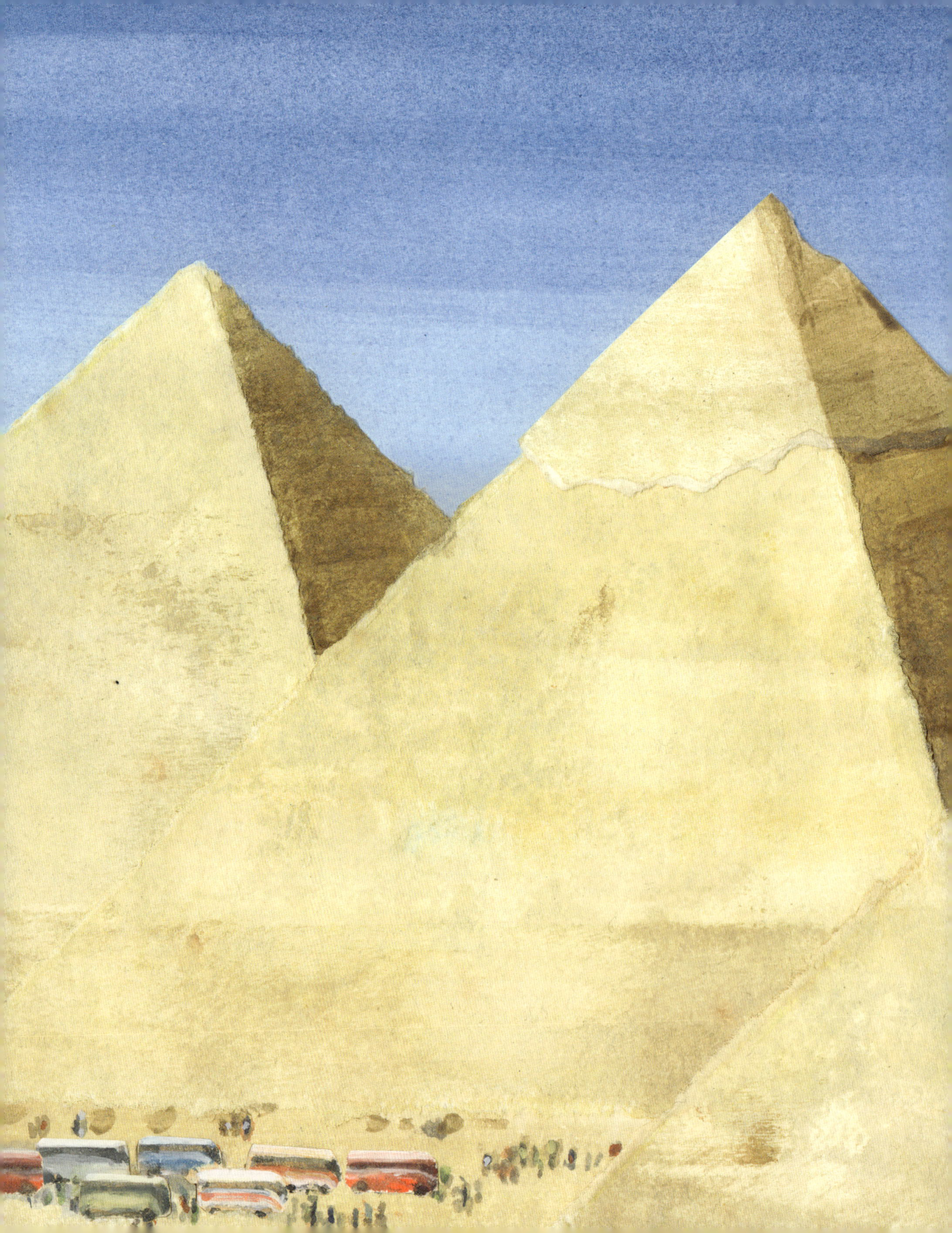

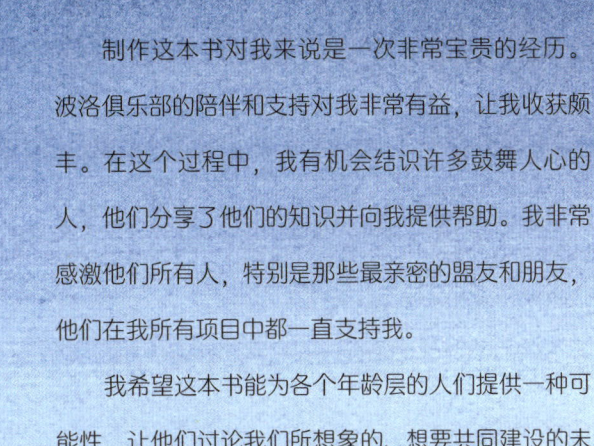

制作这本书对我来说是一次非常宝贵的经历。波洛俱乐部的陪伴和支持对我非常有益，让我收获颇丰。在这个过程中，我有机会结识许多鼓舞人心的人，他们分享了他们的知识并向我提供帮助。我非常感激他们所有人，特别是那些最亲密的盟友和朋友，他们在我所有项目中都一直支持我。

我希望这本书能为各个年龄层的人们提供一种可能性，让他们讨论我们所想象的、想要共同建设的未来是什么样的。

DET VAR EN GÅNG OCH BLIR SÅ MYCKET MER. Copyright © 2021 by Johanna Schaible and Lilla Piratförlaget. For a list of the different language editions, see Johanna's post on picturebookmakers.com.

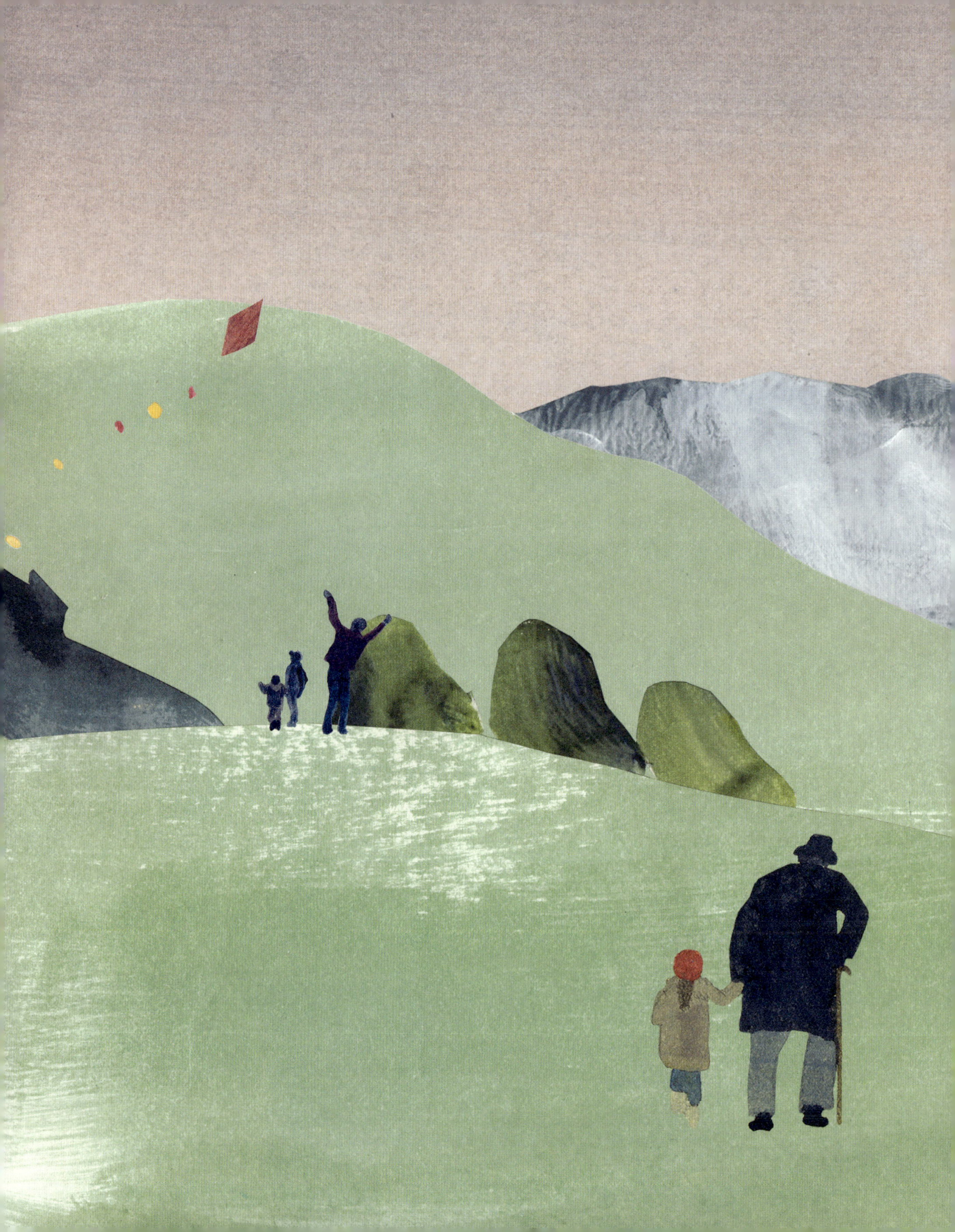

在线资源

布莱克斯博莱克斯
picturebookmakers.com/blexbolex

陈志勇
shauntan.net
instagram.com/shauncytan
picturebookmakers.com/shauntan

克里斯·霍顿
chrishaughton.com
instagram.com/chrishaughton
picturebookmakers.com/chrishaughton

乔恩·克拉森
writershouseart.com/jon-klassen
instagram.com/jonklassen
picturebookmakers.com/jonklassen

贝尔纳多·P.卡瓦略
planetatangerina.com
instagram.com/planetatangerina
picturebookmakers.com/bernardopcarvalho

曼努埃尔·马索尔
manuelmarsol.com
instagram.com/manuelmarsol
picturebookmakers.com/manuelmarsol

伊娃·林德斯特伦
instagram.com/lindstrom1237
picturebookmakers.com/evalindstrom

贝娅特丽丝·阿勒玛尼亚
beatricealemagna.com
instagram.com/beatricealemagna
picturebookmakers.com/beatricealemagna

凯蒂·克劳泽
kittycrowther.com
instagram.com/kittycrowther
picturebookmakers.com/kittycrowther

苏西·李
suzyleebooks.com
instagram.com/suzyleebooks
picturebookmakers.com/suzylee

伊索尔
instagram.com/isolmisenta
picturebookmakers.com/isol

乔安娜·沙伊布勒
johannaschaible.ch
instagram.com/johannaschaible
picturebookmakers.com/johannaschaible

"图画书创作者"博客+在线画廊
blog.picturebookmakers.com
gallery.picturebookmakers.com

未出版图画书展
dpictus.com/unpublished

"推荐你的书"网站
dpictus.com/pitch-your-books

dPICTUS网络平台
dpictus.com
100 Outstanding Picturebooks
dpictus.com/100-outstanding-picturebooks

其他
instagram.com/picturebookmakers
facebook.com/picturebookmakers

3 MONTHS FREE ACCESS:
pmkrs.co/3mfree

"图画书创作者"在线画廊

扫码可获三个月免费试用

书中涉及作品已出中文版的有：

《歌谣》2022年，北京联合出版公司

《夏天守则》2018年，连环画出版社

《神奇的胖胖-蓬蓬-小小》2023年，广西师范大学出版社

《嘘！我们有个计划》2019年，北京联合出版公司

《美杜莎妈妈》2020年，浙江少年儿童出版社

《这不是我的帽子》2013年，明天出版社

《我们发现了一顶帽子》2016年，明天出版社

《我要把我的帽子找回来》2018年，明天出版社

《影子》2018年，江苏凤凰少年儿童出版社

《萤火虫寻光记 / 奔跑吧，兔子！》2016年，北京联合出版公司

《亚哈与白鲸》2021年，浙江少年儿童出版社

绘图出自凯蒂·克劳泽